Dados Internacionais de Catalogação na Publicação (CIP)
(Câmara Brasileira do Livro, SP, Brasil)

Volta ao mundo em 80 contos / Equipe Susaeta ;
[texto José Morán ; ilustrações Eva María Gey ;
tradução Camile Mendrot, Ab Aeterno]. -- 1. ed. --
Barueri : Girassol Brasil, 2017.

Título original: Vuelta al mundo em 80 cuentos
ISBN: 978-85-394-2058-2

11. Contos - Literatura infantojuvenil I. Morán,
José. II. Gey, Eva María.

17-02446   CDD-028.5

Índices para catálogo sistemático:
1. Contos : Literatura infantil 028.5
2. Contos : Literatura infantojuvenil 028.5

Copyright © Susaeta Ediciones S.A.

Texto: José Morán
Ilustrações: Eva María Gey
Projeto Gráfico: Rubén Gutiérrez

Publicado no Brasil por
Girassol Brasil Edições Eireli
Al. Madeira, 162, 17º andar, Sala 1702
Alphaville - Barueri - SP - CEP 06454-010
leitor@girassolbrasil.com.br
www.girassolbrasil.com.br

Diretora editorial: Karine Gonçalves Pansa
Coordenadora editorial: Carolina Cespedes
Editora assistente: Ana Paula Uchoa
Assistente editorial: Carla Sacrato
Tradução: Camile Mendrot I Ab Aeterno
Preparação de textos: Patricia Vilar I Ab Aeterno
Diagramação: Patricia Benigno Girotto
Revisão: Aline Coelho

Impresso na China

 # Prólogo

Vamos dar a VOLTA AO MUNDO EM 80 CONTOS lendo algumas das histórias mais populares dos cinco continentes! São contos tradicionais que foram mantidos vivos, recriados e transmitidos, primeiro, oralmente e, mais tarde, por escrito, ao longo de milhares de anos.

Ficaremos maravilhados com os contos com animais, cheios de leões, crocodilos, macacos, antílopes, tartarugas, aranhas, moscas etc., que vencem e são vencidos de acordo com sua força e, principalmente, sua astúcia.

Os protagonistas dos contos fantásticos, repletos de bruxas, fadas e outros seres donos de poderes extraordinários e amuletos mágicos irão nos encantar. São personagens maravilhosos que percorrem reinos, cidades e vilarejos onde tudo é possível!

Riremos e sentiremos calafrios com os contos de costumes, cujos personagens nos ensinam o peso da tradição de cada povo, com suas grandezas e misérias.

Compreenderemos melhor nosso mundo por meio dos contos sobre as origens, em que a criatividade popular nos explica por que o Sol e a Lua nunca se encontram, por que existem distintas raças, por que a sabedoria está dividida igualmente por todos os cantos do planeta e quem inventou a dança.

Depois da nossa grande e divertida viagem, será difícil fechar este livro! E nos sentiremos mais próximos de todas as culturas, as raças e os seres humanos que existem e já existiram no mundo.

Será um final feliz – como nos contos!

José Morán

Sumário dos contos da América

Sopa de pedras 16

A primeira dança do homem 18

O morcego vaidoso 20

O escaravelho dourado 22

Seu Coelho e os queijos 24

A bruxa esquisita 26

As *ciguapas* da noite 28

O gemido do vento 30

Os olhos da serpente 32

A árvore protetora 34

O animal mais forte do mundo 36

As caturritas de La Araucana 38

O primeiro quetzal 40

A Ponte do Inca 42

A teia de Arandu 44

O *quirquincho* e o charango 46

A flor de Calafate 48

A águia e o falcão 50

As apostas do rico e do pobre 52

A festa no céu 54

Da China

Nug, o primeiro dragão 58

Os sete cegos 60

Como nasceu o horóscopo chinês 62

A pérola e a pipa 64

A ostra e o grou 66

O pastor e as serpentes 68

O dragão do ano-novo 70

O bosque maldito 72

Um burro na selva 74

O lobo mal-agradecido 76

O fantasma 78

O avô adotado 80

Adivinhe ou morra 82

O dedo mágico 84

A flor do crisântemo 86

A corrente milagrosa 88

O órfão afortunado 90

Um reino por um sorriso 92

Seguindo os rastros 94

O poço milagroso 96

Da África

Duas moscas e uma vaca	100
O camundongo juiz	102
O leão com sede	104
A hiena e a lebre	106
A mosca estabanada	108
O faisão e a galinha	110
O caminho do paraíso	112
Abebe e o dente mágico	114
Kondo e o pássaro	116
O pobre e os espetinhos de carne	118
O homem, o menino e o burro	120
O sultão e o queijo	122
A sorte é caprichosa	124
Castelos de vento	126
Como Deus criou as diferentes raças	128
As cores do colibri	130
O brilho do Sol e da Lua	132
A aranha que queria ser sábia	134
Os chifres do avestruz	136
Quem é o mais forte?	138

De todo o mundo

Sedna, a deusa do mar (Polo Norte) 142

O falso adivinho (Rússia) 144

Petrushka (Rússia) 146

O saco mágico (Rússia) 148

Os últimos *bogatyrs* (Rússia) 150

A bruxa maneta (Rússia) 152

O pobre e o rei rico (Índia) 154

O barqueiro e o jovem sábio (Índia) 156

Os grandes amigos (Índia) 158

O encantador de serpentes (Índia) 160

O adormecido (Índia) 162

A flor de Lilolá (Espanha) 164

As bruxas da ponte (Espanha) 166

Dois bons amigos (Arábia) 168

O pequeno sábio (Arábia) 170

As três barreiras (Arábia) 172

Quando o Sol tinha pressa (Oceania) 174

Guerra ou casamento (Oceania) 176

Assassinos honestos (Japão) 178

A flor de Minanoko (Japão) 180

Sopa de pedras	16
A primeira dança do homem	18
O morcego vaidoso	20
O escaravelho dourado	22
Seu Coelho e os queijos	24
A bruxa esquisita	26
As *ciguapas* da noite	28
O gemido do vento	30
Os olhos da serpente	32
A árvore protetora	34
O animal mais forte do mundo	36
As caturritas de La Araucana	38
O primeiro quetzal	40
A Ponte do Inca	42
A teia de Arandu	44
O *quirquincho* e o charango	46
A flor de Calafate	48
A águia e o falcão	50
As apostas do rico e do pobre	52
A festa no céu	54

1
Sopa de pedras

PERSONAGENS	VALORES/DEFEITOS	LUGARES
Viajante, crianças	Amizade, generosidade	México, vilarejo

Era uma vez um viajante que se propôs atravessar a pé todo o México, de Puerto Peñasco até Cancún. Dormia debaixo de árvores e comia os frutos do campo. Mas, um dia, quando chegou na entrada de um povoado, não encontrou nada para comer.

Então, teve uma ideia brilhante.

Aproximou-se de um descampado onde algumas crianças brincavam e se pôs a preparar uma sopa. Pegou sua panela, colocou água e pedras dentro dela e fez uma pequena fogueira. Depois, começou a mexer com uma colher.

As crianças, cheias de curiosidade, se aproximaram e lhe perguntaram:

– Nunca tínhamos visto uma sopa de pedras... É gostosa?

– É a sopa mais saborosa do mundo! – respondeu o viajante. – Mas ficaria ainda melhor se tivesse uma cenoura e uma cebola...

– Vou pegar umas, meus pais têm uma horta! – disse um menino.

Ao acrescentar os novos ingredientes à sopa de pedras, o viajante misturou com a colher e a provou:

– Está deliciosa – opinou –, mas ficaria ainda melhor se tivesse um pouco de sal, tomilho e orégano.

— Vamos trazê-los de nossas casas! - disseram as crianças.

Ao acrescentar os novos ingredientes à sopa de pedras, o viajante a misturou com a colher e a provou mais uma vez:

— Extraordinária - comentou -, mas em uma autêntica sopa de pedras não pode faltar um pouco de *mole*, chouriço e toucinho.

As crianças não perderam tempo para conseguir esses ingredientes.

— Agora sim, não falta nada! Provem-na!

As crianças adoraram, e não era para menos, porque estava tão boa que podia até ressuscitar defunto.

— Não comeremos as pedras? - perguntaram os pequenos quando terminaram o caldo.

— Ah, não! - respondeu o viajante. - As pedras guardam o sabor da sopa. Devem ser conservadas para cozinhar a próxima sopa de pedras. Mas, como me ajudaram, vou lhes dar as pedras como recordação. Vocês são as crianças mais boazinhas que conheci ao longo de toda a minha viagem!

Os pequenos, então, dividiram as pedras entre eles como se fossem tesouros. O viajante recolheu suas coisas, abraçou as crianças e seguiu seu caminho.

② A primeira dança do homem

PERSONAGENS	VALORES/DEFEITOS	LUGARES
Escorpião, homem, mulher	Alegria	Cuba, caverna

Quando nas rãs cresciam pelos (ainda que não se penteassem) e as galinhas tinham dentes (ainda que não os escovassem), um pequeno escorpião cubano chamado Akeké vivia em Ciénaga de Zapata, perto de Matanzas.

Akeké, ainda que isso pareça incrível, vivia (como todos de sua espécie) em uma nuvem, bem agarrado a uma corda que caía do céu em direção à terra. Mas, como era um bicho muito agitado, ali, pendurado na corda, sem fazer nada, ficava muito entediado. E pensava:

"E se subo pela corda? E se desço pela corda?"

E voltava a pensar:

"E se subo pela corda? E se desço pela corda?"

E continuava pensando:

"E se continuo aqui?"

Logo se entediava de pensar e não fazia nada.

Até que um dia, entediou-se tanto que não pensou em nada e deslizou, solitário, pela corda até chegar a terra. Mais exatamente até uma aldeia pré-histórica minúscula situada nos arredores de Maneadero.

A novidade da bela paisagem o entreteve por uns dez minutos.

Mas ele logo começou a ficar entediado outra vez. Até que, de tanto pensar, ele teve uma ideia nova:

"Por que, em lugar de pensar tanto, eu não me dedico a picar com meu aguilhão, que tem um veneno muito maligno, muito maligno, muito maligno?"

Dito e feito. Ele se dirigiu a uma caverna em que viviam um homem e uma mulher e se escondeu debaixo de uma pedra.

Quando a noite chegou e o casal foi dormir, Akeké picou seus pés (não muito, uma pequena picadinha em cada um, porque não tinha má intenção, apenas estava entediado).

O que aconteceu depois encantou o pequeno escorpião: o homem e a mulher, atormentados pelas picadelas e com um pouquinho de dor, levantaram-se e se puseram a dançar. Não podiam evitar!

E esse foi o primeiro baile do mundo (que se tem conhecimento).

Akeké não perdeu tempo e subiu pela corda para avisar aos demais escorpiões sobre como era divertido viver na terra.

E todos os outros desceram. E assim é até hoje.

3
O morcego vaidoso

PERSONAGENS	VALORES/DEFEITOS	LUGARES
Morcego, pássaros, Deus	Vaidade, aceitação de si mesmo	México, caverna, selva

Há um montão de anos, vivia perto de Oaxaca um morcego que desejava ter penas porque se achava muito feio.

Uma manhã, o morcego resolveu se encontrar com Totec (era assim que Deus era conhecido por lá) e suplicou que lhe desse penas.

Deus disse:

— Volte à Terra e peça uma pena a cada ave.

O morcego, então, dirigiu-se às selvas e aos bosques do Pacífico, onde vivem as famosas aves do paraíso, cujas penas multicoloridas são lindas. Pediu às mais belas aves que lhe presenteassem com uma pena e, quando cobriu todo o seu corpo com elas, voltou a Oaxaca.

Já em casa, ele se olhou no espelho e ficou muito surpreso com sua própria beleza.

— Puxa! Agora sou, sem dúvida, a ave mais bonita do mundo!

A partir de então, quando cruzava com outros pássaros daquelas bandas, alçava seu voo muito presunçoso, sempre se exibindo e dizendo:

— Olhem para mim, olhem para mim, criaturas desafortunadas, quem sabe minha beleza contagie todos... Vocês são horríveis!

Então, Totec, vendo o quão arrogante o pequeno morcego havia se tornado e como menosprezava os outros simplesmente porque não eram tão bonitos, entristeceu-se e decidiu dar ao morcego o que ele merecia.

No dia seguinte, cada vez que o morcego voava e se exibia diante dos outros animais, suas penas caíam como se fossem folhas no outono. O pobre animalzinho, então, ficou tanto ou até mais pelado e feioso do que antes.

- Nãããm! Que horrível! O que aconteceu? - lamentou-se o morcego.

Sentiu, então, uma vergonha terrível e correu para se refugiar em uma gruta escura chamada Caverna do Charco, para que ninguém o visse.

Com o tempo, acostumou-se com seu aspecto e acabou se aceitando tal como era. Havia aprendido uma lição interessante: o mais importante na vida não é ser bonito ou feio, e isso também não depende de si mesmo.

Assim, tomou coragem, saiu da caverna e, pouco a pouco, ganhou o respeito e a amizade dos outros animais.

4
O escaravelho dourado

PERSONAGENS	VALORES/DEFEITOS	LUGARES
Escaravelho, rato, papagaio	Humildade, prudência, vaidade	Brasil, floresta

Séculos atrás, quando os burros voavam, alguém que viu me contou que os escaravelhos do Brasil eram da cor marrom. Com certeza eram bem feiosos!

Mas, um certo dia, um escaravelho andava pela floresta, e um rato cinza muito sabichão e bastante gorducho (porque comia demais) passou por ele e lhe deu um olhar de desprezo, dizendo:

– Escaravelho, você é mais lento que uma tartaruga manca.

– Pode ser - respondeu o escaravelho, que não gostava de discussões.

– Você não gostaria de ser tão rápido quanto eu? - insistiu o rato.

– Pode ser - respondeu prudentemente o escaravelho. - Mas eu gostaria mais de mudar a cor marrom da minha carapaça.

– Ah, eu também gostaria de trocar meu pelo - reconheceu o rato. - Queria ter um pelo preto com bolinhas cor-de-rosa ou algo parecido.

Quis o destino que pousasse ali, naquele momento, um papagaio falastrão, de penas brilhantes e coloridas.

– Eu ouvi tudo! Eu ouvi tudo! Vamos fazer uma coisa: vocês apostam uma corrida daqui até aquela palmeira. Darei duas penas àquele que ganhar, da cor que quiser.

E a aranha, que é minha amiga, costurará com elas uma nova cobertura para a sua pele. Combinado?

– Combinado! – disse o rato, certo de sua vitória.

– Está bem – disse o escaravelho, sem muito entusiasmo.

– Preparar, apontar, já! – gritou o papagaio.

Imediatamente o rato tomou a dianteira. No meio do caminho, arfava como um porco, porque estava gorducho. Como achava que o escaravelho corria mais devagar que uma tartaruga manca, parou para descansar um pouco, sem duvidar de seu triunfo, e logo prosseguiu pelo caminho até a chegada.

Mas, quando alcançou a palmeira, o escaravelho já havia chegado.

– Não pode ser... – murmurou o rato, desconcertado.

– Sim, pode ser, rato ignorante – replicou o escaravelho. – Ando muito devagar, mas... sei voar! E, modestamente, voo muito rápido.

O rato ficou com a cara no chão e continuou com seu pelo cinza, enquanto o escaravelho trocou sua carapaça por outra de cor verde e amarela.

Por isso, desde então, os escaravelhos do Brasil são da cor da bandeira do país.

5
Seu Coelho e os queijos

PERSONAGENS	VALORES/ DEFEITOS	LUGARES
Coelho, raposa, tatu, esquilo, iguana, vendedor	Astúcia, generosidade, avareza	Costa Rica, caminho, floresta

Saibam todos que isto ocorreu faz muito tempo, na floresta da Costa Rica, onde vivia o famoso Seu Coelho.

Bem, um dia, Seu Coelho ficou com vontade de comer queijo e teve uma ideia: estendeu-se no meio do caminho fingindo-se de moribundo e esperou que o vendedor de queijo passasse com seu carro.

Dali um pouco, o comerciante passou por ali e, vendo o coelho "agonizando", ficou com dó dele.

– Pobre coelho! – disse o ingênuo vendedor. – Vou levar você comigo.

Colocou o animal na parte de trás do carro e seguiu seu caminho.

Então, sem que o vendedor percebesse, Seu Coelho foi jogando os queijos, um a um, pelo caminho. E, depois de esvaziar todo o carro, pulou para terra firme sem que o bom homem o visse.

Logo, levou seus queijos para sua casa e uma parte com bastante marmelada.

Passou por lá Seu Tatu e, vendo tantos queijos, pediu um. Mas Seu Coelho não lhe deu nem bom-dia. Pouco depois, passou Dona Iguana e ele, da mesma forma, não lhe deu nada. Seu Esquilo também passou por lá, mas, dessa vez, Seu Coelho lhe deu um pedacinho, sem marmelada, claro.

Então, foi a vez da Dona Raposa. Ela não pediu nada a Seu Coelho, apenas lhe perguntou:

— Como conseguiu tantos queijos?

Seu Coelho, que era dos mais espertos, contou todos os detalhes.

Dona Raposa, cheia de inveja, achou aquela uma grande ideia.

— Obrigada, Seu Coelho - disse.

Ela, então, foi até o caminho e também deitou-se fingindo que agonizava. Mas, quando o queijeiro a avistou, pensou, com razão, que ela apenas queria roubar seus queijos e disse:

— Você vai ver só, espertalhona.

Em vez de parar, o homem atropelou Dona Raposa, seguindo despreocupado.

A duras penas, Dona Raposa conseguiu pedir socorro. Rapidamente, Seu Coelho, que por acaso estava observando tudo, foi acudi-la, ajudando-a a chegar até em casa.

— Não compreendo - disse Seu Coelho, pelo caminho, escondendo um sorriso -, o truque funcionou perfeitamente para mim...

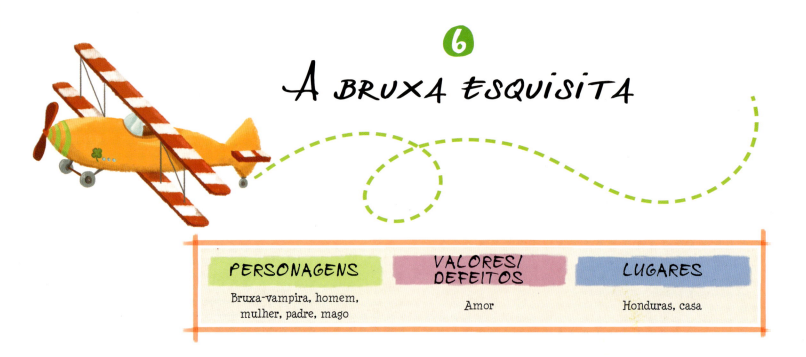

6
A bruxa esquisita

PERSONAGENS	VALORES/DEFEITOS	LUGARES
Bruxa-vampira, homem, mulher, padre, mago	Amor	Honduras, casa

Era uma vez - tal qual todo conto começa - um casal já com certa idade que não tinha filhos e vivia em um vilarejo próximo a Siguatepeque. O homem se chamava Hermelindo e a mulher, Marcelina.

Hermelindo era um cara normal. Nem bonito nem feio, nem forte nem fraco, nem alto nem baixo, nem esperto nem bobo.

Mas Marcelina, sua esposa... De dia também era normal: nem bonita nem feia, nem forte nem fraca etc. etc. etc. Mas à noite... À noite se transformava em uma bruxa-vampira. Colocava um sedativo na sopa do marido, para que ele dormisse profundamente e, em seguida, saía voando, espalhando pânico na região.

É que, à noite, Marcelina preparava feitiços com rabos de lagartixa e se transformava em uma bruxa-vampira com corpo de morcego e cabeça de barata gigante.

Então, saía e devorava quantos bichos encontrasse em seu caminho - tanto faz se eram vespas, ratos, carrapatos, corvos, cobras ou mesmo vacas, das quais ela chupava o sangue enquanto dormiam.

Ao amanhecer, Marcelina voltava para sua cama, novamente transformada em mulher: nem bonita nem feia, nem alta nem baixa, nem esperta nem boba. E o melhor de tudo é que não se lembrava de nada. Nem sequer sabia que era uma bruxa-vampira!

Até que, uma vez, Hermelindo, que tinha tomado muito café e não conseguira dormir, nem mesmo com o sedativo que Marcelina lhe dava às escondidas, descobriu o segredo da esposa. Ele a viu transformar-se em bruxa!

Ele ficou de queixo caído, estupefato, alucinado, perplexo e atônito. Sua esposa da vida toda era a bruxa-vampira que aterrorizava a região!

Nem ativo nem preguiçoso, Hermelindo levantou-se da cama sem que Marcelina percebesse, pegou um martelo e deu-lhe um golpe na cabeça, que a apagou. Em seguida, colocou a esposa na cama e chamou um padre e um mago, que, juntos, curaram a mulher.

Na manhã seguinte, Marcelina acordou sã e salva, ainda que com um galo enorme. Não se lembrava de nada, tampouco da martelada.

E nunca, nunca mais mesmo, se transformou em bruxa.

7
As ciguapas da noite

PERSONAGENS	VALORES/ DEFEITOS	LUGARES
Rapaz, mulher, bruxa	Amor	República Dominicana, vilarejo, caverna

Dizem por aí que, há muito tempo, em um vilarejo não longe de Jarabacoa, vivia um rapaz chamado Hildebrando que costumava passear pelo campo ao luar para recitar versos em voz alta. Ele vivia sempre se apaixonando por alguém.

Em uma dessas noites, quando caminhava perto da cachoeira, atravessou o seu caminho uma mulher muito estranha, de quem ninguém nunca ouvira falar até então – mas de quem não se parou de falar a respeito desde esse sucedido: a *ciguapa*.

A formosa mulher dava um pouco de medo. Tinha um cabelo negro que ia até o tornozelo, os olhos escuros e amendoados, a pele morena e, principalmente, os pés ao contrário, quer dizer, virados, com os dedinhos voltados para trás. Que curioso!

Hildebrando estremeceu ao vê-la. Ele perguntou como ela se chamava, mas ela não respondeu – na verdade, ela não sabia falar, somente emitia sons parecidos com os das perdizes.

Hildebrando, coitado, cometeu então o pior dos erros: olhou em seus olhos. Nesse exato momento, sentiu-se irremediavelmente atraído pela *ciguapa*. E a seguiu como um carneirinho morro acima, até uma caverna secreta onde vivia a mulher, atrás de uma catarata do rio.

Nunca mais voltaram a ter notícias dela no vilarejo, tampouco de nenhum dos inúmeros jovens que desapareceram (e que ainda desaparecem, segundo se conta) enfeitiçados por terem olhado nos olhos dela.

Há quem diga que não exista somente uma *ciguapa*, mas várias, que devem ser suas filhas, netas e tataranetas. Alguns asseguram que já as viram, mas de longe, porque saíram correndo sem olhá-las nos olhos para não se apaixonarem por elas.

Outros atestam que, quando as *ciguapas* saem de seus esconderijos nas noites de lua cheia, vão às plantações dos vilarejos em busca de homens e também de seu alimento favorito: os *tostones*, que são bananas-verdes fritas e temperadas com bastante sal.

Mas, quem tem certeza? Se Hildebrando e os outros desaparecidos são felizes na companhia das *ciguapas* e se tornaram *ciguapos*...

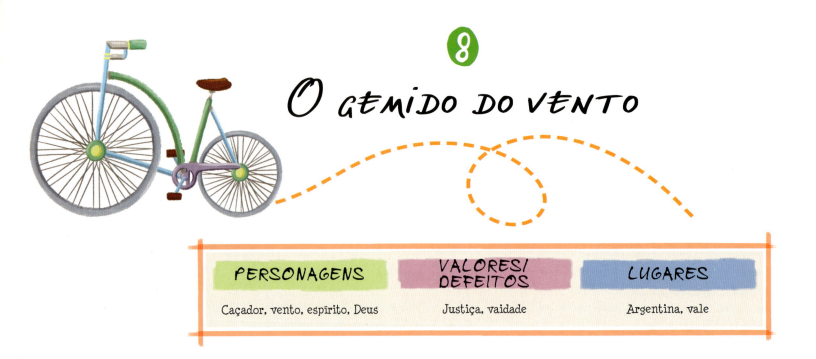

8
O gemido do vento

PERSONAGENS	VALORES/ DEFEITOS	LUGARES
Caçador, vento, espírito, Deus	Justiça, vaidade	Argentina, vale

Contam aqueles que viram (eu não estava lá, mas me falaram) que, há muitos anos, nos Valles Calchaquíes que cortam a Argentina de norte a sul, vivia um caçador chamado Huampi, muito famoso por sua habilidade no manejo do arco.

Huampi tinha uma pontaria infalível. Ninguém se recorda que tenha errado um só disparo. Onde punha o olho, acertava a flecha. Mas, ainda que todos da tribo admirassem Huampi, ninguém o amava. Por quê?

Porque Huampi caçava por prazer e não por necessidade. Desde sempre havia uma lei não escrita segundo a qual os caçadores deveriam abater as presas para se alimentar ou para obter peles para protegê-las do inverno rigoroso. Mas Huampi matava sem razão alguma. Não tinha piedade de nenhum animal.

Até que, em uma manhã, quando o temível caçador saiu disparando contra todo bicho vivo, apareceu Deus em pessoa muito aborrecido, e disse:

– Como você continua matando por capricho, cruel caçador, lhe faltará carne para comer e leite para beber, e pele para se vestir, e mantas para protegê-lo, e penas para enfeitá-lo. Afinal, os animais também merecem viver. Quem é você para acabar com a vida dos outros sem necessidade?

Mas Huampi era tão orgulhoso e soberbo que não mudou seu comportamento por causa desse encontro. Continuou caçando o que bem entendia.

- Ah! Sempre vou fazer o que eu quiser - dizia para si mesmo.

De forma que Deus não teve outra saída senão dar-lhe uma punição.

Um dia, quando Huampi passava pelo vale, matando a torto e a direita, de imediato se formou uma grande ventania que produziu um barulho ensurdecedor e o caçador sumiu para todo o sempre.

A partir daquele dia, quando os caçadores calchaquíes percorriam o vale, às vezes, se levantava uma grande ventania que retumbava com uma voz quase humana.

Era o lamento do espírito de Huampi, arrependido de sua conduta.

⑨ Os olhos da serpente

PERSONAGENS	VALORES/DEFEITOS	LUGARES
Árvore, serpente, jaguar, águia, tatu	Engenhosidade, tenacidade, amor	Brasil, floresta, rio

Há milhares de anos, quando as árvores falavam e sabiam andar, a floresta brasileira estava povoada por todos os animais do mundo. A maioria era inocente. A maioria...

Um dia, a serpente, que tinha poderes mágicos, chegou à margem do rio. Fez, então, seu truque favorito: cantou uma canção e mexeu os olhos, que saíam de sua órbita, dançavam sozinhos sobre a água e, por fim, voltavam à cabeça da serpente.

Um jaguar que passava por ali ficou boquiaberto admirando a dança dos olhos.

- Que lindo! - exclamou. - Serpente, como eu gostaria de fazer o mesmo.

- É muito fácil. Posso lhe ensinar - disse a serpente.

Ela, então, entoou a canção olhando para o jaguar. Nesse momento, os olhos dele pularam na água e se puseram a dançar. Mas, quando a serpente parou de cantar, os olhos do jaguar foram até ela, que abriu a boca e os comeu.

- Que deliciosos! - disse, lambendo os beiços. - Olhos são meu prato favorito. Não sabia? Adeus, jaguar. - E se foi.

O jaguar, que tinha ficado cego, começou a chorar, mas, por dentro, porque já não tinha mais olhos nem lágrimas.

Uma árvore escutou seu pranto. Sentiu pena, aproximou-se dele e perguntou o que tinha acontecido. O jaguar contou-lhe tudo. Então, a árvore chamou a águia-real e disse:

– Você tem que dar um bom corretivo na serpente.

– Deixe comigo.

No dia seguinte, quando a serpente fazia sua dança dos olhos diante de um tatu, que seria sua próxima vítima, a águia aterrissou sobre a água, recolheu os olhos da serpente com o bico e os colocou no jaguar.

– Agora vejo melhor que antes! – exclamou o jaguar, agradecido.

A serpente ficou cega, mas apenas por alguns dias. Logo nasceram nela olhos novos (tal qual acontece com a cauda da lagartixa quando alguma criança a arranca).

Já sua famosa dança dos olhos, essa, sim, jamais voltou a fazê-la.

10
A ÁRVORE PROTETORA

PERSONAGENS	VALORES/DEFEITOS	LUGARES
Pais, filho, árvore, guerreiros	Família, valentia, compaixão, morte	Chile, bosque, montanha

Há muito tempo, na Patagônia chilena, mais ao sul de Chaitén, morou uma família de araucanos nômades. A família era composta por Néftar, o pai; Nuike, a mãe; e Viedyá, o filho, que tinha apenas 11 anos. Mas eram tempos ruins e o pai teve que ir para a guerra com os demais de sua tribo.

Chegou o inverno. Nuike e Viedyá passavam frio e fome, e, sobretudo, estavam muito tristes com a ausência de Néftar.

— Mamãe — dizia Viedyá —, quero ir atrás do papai.

— Não, filho — respondia Nuike. — Você ainda é muito pequeno. Além disso, já é o bastante perder seu pai, e é bem capaz que ele já tenha morrido. Eu não conseguiria viver sem você.

O tempo passava e não tinham notícias de Néftar. Um dia Viedyá convenceu sua mãe e partiu.

— Busque sempre a proteção da araucária, que é uma árvore mágica — Nuike aconselhou ao se despedir do filho com o coração apertado de dor.

Em sua longa caminhada pelos bosques nevados e montanhas da região, o menino sempre dormia ao pé de uma araucária, que o abrigava do frio, alimentava-o com seus

pinhões e o despertava pela manhã acariciando-lhe a face com suas folhas.

Mas, um dia, quando retomava seu caminho, alguns guerreiros da tribo inimiga descobriram o garoto, roubaram sua zamarra de pele de animal e deixaram-no amarrado, para que morresse de frio ou devorado pelas feras.

Viedyá achava que seu fim havia chegado. Ele se lembrou de seus pais e, conformado, fechou os olhos. Quando voltou a abri-los, não podia acreditar no que via...

Uma araucária veio até ele, soltou as amarras, carregou Viedyá entre seus ramos, e levou o garoto de volta à aldeia, onde sua mãe o recebeu com lágrimas de alegria.

Eles plantaram a araucária próxima à porta de sua casa, cuidaram dela e a amaram como se fosse o pai desaparecido. E, desde então, a sorte sorriu para eles, nunca mais passaram necessidades. A araucária ensinou os araucanos a viver sempre no mesmo lugar, cultivando a terra e, assim, graças a ela, esse povo deixou de ser nômade.

11
O animal mais forte do mundo

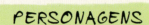

PERSONAGENS	VALORES/DEFEITOS	LUGARES
Ursos-polares, rena, besouro	Solidariedade, força, valentia	Canadá, montanha, neve

Em tempos muito remotos, houve um ano em que fez um inverno interminável, gélido, terrível, de deixar qualquer um louco de frio. Mas o pior não era o frio, o gelo ou a neve. O pior era que, como não brotava nada da terra, os alimentos ficaram escassos e os que moravam por ali morreram de fome.

Por isso, um dia, os animais convocaram uma assembleia. Todos participaram; todos menos a família de ursos-polares, a qual ninguém via fazia meses.

A rena disse:

– Precisamos descobrir logo para onde foi o calor. Temos que fazê-lo voltar. Senão, será o fim.

Todos concordaram. Desejaram boa sorte uns aos outros e partiram em todas as direções. Mas nem a foca, nem o tubarão, nem o lince, nem a gaivota, nem a marmota, nem o lobo tiveram sorte. Ninguém encontrou o calor perdido.

Ninguém, exceto o besouro-rinoceronte, um bicho que media apenas quatro centímetros!

O besouro foi para o norte. Um dia, viu uma família de ursos-polares e se escondeu para que não o descobrissem.

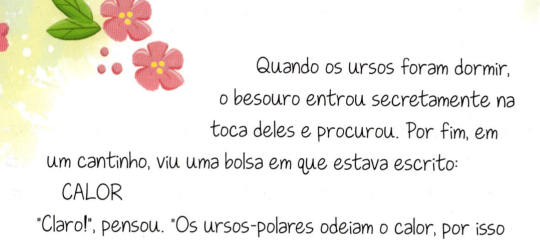

Quando os ursos foram dormir, o besouro entrou secretamente na toca deles e procurou. Por fim, em um cantinho, viu uma bolsa em que estava escrito:

CALOR

"Claro!", pensou. "Os ursos-polares odeiam o calor, por isso o fizeram prisioneiro."

O besouro colocou a bolsa sobre as costas e, sem fazer nenhum barulho, pegou o caminho de volta. Se os ursos descobrissem, ele seria um besouro morto. Mas, de qualquer forma, ficou muito animado por salvar todos os animais.

Ao subir uma montanha, olhou para trás e viu que os ursos o perseguiam. Fazendo um último esforço, chegou ao cume da montanha bem a tempo de se lançar barranco abaixo. A bolsa arrebentou ao bater contra uma rocha congelada, então, o calor se espalhou por todas as partes e, de repente, chegou a primavera.

Estavam salvos!

Graças ao besouro que, caso você não saiba, é o animal mais forte do mundo. O único capaz de transportar trinta vezes seu próprio peso.

As caturritas de La Araucana

PERSONAGENS	VALORES/DEFEITOS	LUGARES
Viajantes araucanos, rapaz, caturritas	Integração, paz, confiança	Chile, montanhas

O povo araucano viveu por milhares de anos no norte do Chile. Até que um dia, para evitar as guerras, iniciaram uma longa marcha para o sul. Subiram no lombo de suas lhamas e partiram.

A viagem durou vários meses. Por fim, estabeleceram-se em uma terra desabitada, com bosques, campinas, lagos e montanhas, mas onde fazia muito frio.

– Que lugar bonito! – surpreenderam-se.

Os araucanos, então, conheceram o vento, o gelo e os longos invernos, mas também a paz. Naquele território, as armas só eram necessárias para se defender dos pumas.

– Como é bom aqui! – disseram uns aos outros, queriam morar ali para sempre.

Passou muito tempo, tanto que apenas os anciãos recordavam a longa marcha dos araucanos às terras do sul.

Foi então que o jovem Urutén, ao ser rejeitado pela princesa Furuquená, por quem estava apaixonado, decidiu começar uma nova vida longe dali. E partiu de novo para o norte, com um punhado de aventureiros, em busca da terra de seus antepassados.

Depois de percorrer milhares de quilômetros, chegaram aos domínios dos guaranis pacíficos. Urutén e os outros aventureiros passaram a viver ali, e se casaram com as belas mulheres guaranis, naquele paraíso sem inverno onde as terras davam deliciosos frutos por si só e os pássaros falavam...

Urutén nunca quis voltar para o sul. Mas os outros araucanos decidiram regressar para contar ao restante da tribo sobre a descoberta da maravilhosa terra do norte em que habitavam.

Quando chegaram e contaram a novidade, os araucanos não acreditaram:

– Um lugar sem inverno? Pássaros que falam? Impossível!

Aos viajantes, decepcionados, somente ocorreu uma ideia: pedir a Deus (que chamavam de Tupã e que havia criado as paisagens, os frutos e os animais, além dos belos pássaros falastrões) que convencesse os habitantes do sul sobre as maravilhas das terras do norte.

E um milagre aconteceu: os recém-chegados se transformaram em caturritas e falaram em todas as línguas.

Desde então, no Chile, as caturritas têm dois lares: no verão, as terras do sul, e, no inverno, as do norte. E nunca passam frio.

13
O primeiro quetzal

PERSONAGENS	VALORES/DEFEITOS	LUGARES
Fadas, quetzal, orquídea	Beleza, bondade	Guatemala, floresta

Há muitos séculos - sabe-se lá quantos! -, na floresta da Guatemala perto da cidade de Kumarkaaj (que significa "o lugar onde os juncos murcham"), nasceu uma preciosa flor que se destacava entre todas as outras. Ela era conhecida pelo nome de orquídea.

E surgiu, não por coincidência, ao pé de um pinheiro, a árvore que os maias adoravam e chamavam de baaj (ou seja, "murmúrio de Deus").

Aquela orquídea tinha muitas flores irmãs, de mil cores, espalhadas pela floresta, mas nenhuma era tão inocente e formosa como ela. A misteriosa flor tinha o dom, ninguém sabia por que, de apaziguar e alegrar qualquer pessoa ou animal que olhasse para ela.

Uma noite, a orquídea teve um sonho esquisito: sonhou que alguém a acariciava, e soprava suas pétalas, e a beijava, e, então, ela deixava de ser uma orquídea.

A flor acordou assustada, olhou para si mesma de cima a baixo e comprovou que seu sonho havia se tornado realidade. Ela havia se transformado em um lindo pássaro que não existia até aquele momento: o quetzal.

Era uma ave de beleza sem igual, com grandes asas, a cauda com penas longas e a cabeça coroada por um resplandecente penacho.

É que as fadas da floresta quiseram premiar a bondade da orquídea e, por isso, transformaram-na em pássaro: para que pudesse voar e contemplar, à vontade, a grandeza e a formosura do mundo visto das alturas.

Foi assim que surgiu no mundo o quetzal, um pássaro coberto de penas de quatro cores: o verde do pinheiro, o vermelho da orquídea, o azul do céu e o branco das estrelas.

E, dessa forma, o pássaro mais bonito do mundo ficou vivendo para sempre nas matas daquela floresta, onde foi feliz e ainda continua sendo.

Muitos séculos depois, a Guatemala o adotou como símbolo nacional, tanto em sua bandeira como em sua moeda.

14
A Ponte do Inca

PERSONAGENS	VALORES/DEFEITOS	LUGARES
Viajantes incas, príncipe, rei, Deus	Esforço, valentia	Peru, Argentina, rios, montanhas

Dizem, aqueles que sabem tudo, que há muitíssimos anos existiu uma grande tribo de incas. E acabou que o jovem príncipe da tribo teve a desgraça de sofrer uma estranha enfermidade que paralisou todo o corpo do pobre rapaz.

Os sábios mais sábios entre os incas disseram ao rei:

– A única possibilidade de que seu filho se cure é se banhando em um rio de águas termais que há ao sul, bem ao sul.

– Mas esse lugar fica a milhares de quilômetros. Como vamos transportá-lo? É uma missão impossível!

O rei, um homem valente que estava disposto a dar a vida por seu filho e por qualquer um de seus súditos, respondeu:

– Se é necessário, eu o levarei nos ombros por todo o caminho. Alguém quer me acompanhar?

E como era um governante muito justo e querido, toda a tribo decidiu ir com eles.

Sem perder tempo, todos partiram em seguida. Depois de muitos perigos (fome, frio, calor, pragas, ataques de animais e de outras tribos...), finalmente, um belo dia, meses depois de sua partida, chegaram juntos ao famoso rio.

Mas aguardava os viajantes uma dificuldade insuperável: as piscinas de águas termais onde o príncipe enfermo deveria mergulhar ficavam entre duas montanhas altíssimas, inacessíveis a qualquer ser humano.

- É impossível chegar ali. Precisamos de um milagre - reconheceu, desanimado, o próprio príncipe.

- Então, faremos o milagre! - disse o rei, que não se rendia diante de nenhum obstáculo.

De repente, aconteceu algo extraordinário: Deus, comovido com o grande esforço daqueles homens, apiedou-se deles. As rochas, então, começaram a se desprender das montanhas e, diante do grande assombro de todos, as pedras que caíam formaram uma ponte que uniu os dois imponentes cumes.

O príncipe, por fim, pôde chegar às piscinas, banhar-se em suas águas e ficar curado.

Desde então, aquele lugar ficou conhecido como a Ponte do Inca e se situa nas imediações do monte Aconcágua.

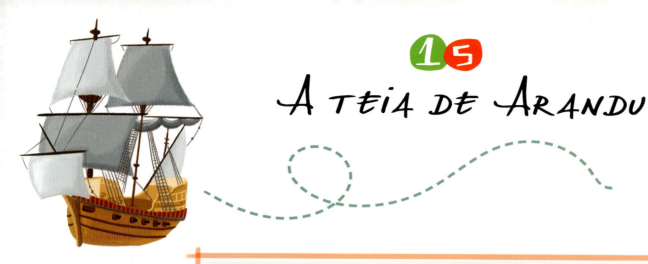

15
A teia de Arandu

PERSONAGENS	VALORES/DEFEITOS	LUGARES
Garota, mãe, filho	Amor, família, trabalho	Paraguai, casa, povoado

Havia um povoado onde vivia uma bela e bondosa jovem chamada Sapuru. Um dia, ela fez uma promessa: somente se casaria com o jovem que lhe oferecesse um presente original, exclusivo, único.

A notícia correu por todo o povoado e chegou aos ouvidos de Arandu, um rapaz de grande coração que vivia com sua mãe em uma casinha na montanha.

Arandu, que era apaixonado por Sapuru, ficou muito contente e começou a procurar algo original para sua amada.

Um dia, enquanto passeava na floresta, viu entre uns arbustos uma preciosa teia de aranha salpicada com gotas de orvalho como se fossem pérolas. Arandu pensou que ninguém no mundo poderia possuir algo tão especial. Quis recolhê-la, mas a teia se rasgou e perdeu seu encanto.

Ele voltou para casa muito desanimado e contou à sua querida mãe o que havia acontecido. Ela o consolou:

– Não se preocupe, filho. Vá dormir. Amanhã pela manhã, você terá o melhor presente do mundo.

Então, a bondosa mulher, que já tinha o cabelo grisalho, cortou várias mechas de seu cabelo prateado e ficou a noite toda tecendo uma teia que imitava uma teia de aranha. Como era um trabalho desgastante e muito complicado, de vez em quando seus olhos derramavam uma lágrima sobre o trançado. Quando acabou, deixou a teia ao relento para que secasse.

Na manhã seguinte, quando Arandu despertou, foi à janela e viu a teia tecida com fios prateados. Sobre os fios, brilhavam as lágrimas congeladas de sua mãe, que tinham muito mais valor que as gotas de orvalho da teia de aranha da floresta.

Arandu envolveu a teia em um lenço de seda e levou-a para Sapuru, a quem contou, em voz baixa, a origem do seu presente. A bonita garota, ao ver aquele presente e escutar sobre sua origem, não hesitou em se casar com o jovem.

Ninguém no povoado entendeu porque aquele presente era tão especial para ela. Apenas Sapuru e Arandu conheciam o imenso e inigualável amor com que ele foi tecido.

E viveram felizes para sempre.

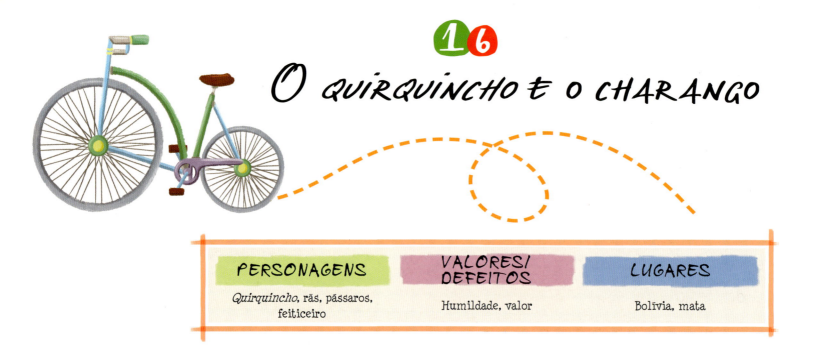

16
O quirquincho e o charango

PERSONAGENS	VALORES/DEFEITOS	LUGARES
Quirquincho, rãs, pássaros, feiticeiro	Humildade, valor	Bolívia, mata

Era uma vez, perto de Cochabamba, um *quirquincho* (uma espécie de tatu, mas grande e peludo) que tinha uma sensibilidade especial para a música.

Quando viajava através dos areais, ele parava para escutar o som do vento e chorava de emoção.

Quando percorria a mata, ficava encantado com o barulho da chuva ao acariciar as folhas das árvores e do pisotear das poças. Ficava como se estivesse em transe e tentava imitar os sons, que lhe pareciam maravilhosos.

Mas cantava muito mal. E sabia disso.

Os outros animais caçoavam dele:

- Nossa, *quirquincho*, você desafina muito! Jamais cantará como nós - diziam as rãs, como se seu coaxar fosse o máximo.

- Cala a boca, tatu peludo, que você espanta até os mosquitos! - repreenderam os pássaros arrogantes.

- Ah, sinto muito! Mas é que a música me fascina - respondia o *quirquincho*, envergonhado.

E, realmente, a vida não teria sentido para ele sem a música da natureza e os seres que nela viviam.

Tanto que, um dia, o *quirquincho* foi à cabana de Huáscar, um feiticeiro muito sábio que vivia sozinho, isolado do restante dos homens.

- Ei, Huáscar - chamou o tatu -, com sua sabedoria, você conseguiria me fazer aprender a cantar? Minha voz é um desastre...

- Poderia - disse o feiticeiro -, e sua voz soaria igualzinha a dos anjos, mas o preço que precisaria pagar é alto demais: lhe custaria a vida.

- Humm... Bem, se graças a você eu puder cantar tão bem, inclusive depois da morte, por toda a eternidade, eu aceito - disse o *quirquincho*.

- Você é quem sabe, animal valente - respondeu Huáscar, admirado.

No dia seguinte, quando acabou sua obra, o feiticeiro tomou o *quirquincho* em suas mãos e, de dentro dele, saíram notas maravilhosas, nunca antes escutadas, que despertaram a admiração e a inveja das rãs, dos pássaros e de todo bicho vivo.

Huáscar havia transformado o *quirquincho* no primeiro charango* da história!

*Pequena viola típica da Bolívia, fabricada com carapaça de tatu.

17
A flor de Calafate

PERSONAGENS	VALORES/ DEFEITOS	LUGARES
Rapaz, princesa, bruxo, arbusto	Amor, lealdade	Chile, Terra do Fogo, povoado

Nos tempos do rei que se enfureceu, viviam, da Terra do Fogo, ao sul da Patagônia, várias tribos que, com frequência, estavam em guerra. Isso acontecia entre os tehuelche e os yagán.

Em certa ocasião, os tehuelche fizeram prisioneiro um jovem yagán chamado Anekén. Prenderam-no em uma de suas tendas sob a vigília de guardas, à espera do pedido de resgate para que não o executassem.

Mas quis o destino que Calafate, a bela filha do chefe da tribo, um dia, entrasse por curiosidade na tenda do prisioneiro, aproveitando um descuido dos guardas, e, ao ver Anekén, se apaixonasse por ele.

Desde então, todas as noites, Calafate abandonava seu leito, serpenteava pelo solo e, de fora da tenda, conversava com seu amado. Noite após noite, o amor dos jovens cresceu a tal ponto de prometerem se casar.

Mas, para sua desgraça, o bruxo da tribo surpreendeu a garota uma vez, quando ela voltava para a sua tenda e decidiu castigá-la sem dizer nada a ninguém, nem mesmo ao chefe da tribo.

O bruxo levou a garota para fora do acampamento, preparou uma poção e obrigou-a a bebê-la. Na hora, a jovem se transformou em um arbusto com flores douradas como seus olhos, de fruto doce como seu coração e com espinhos como a dor que lhe causou a separação do seu amado.

Tempos depois, as tribos selaram a paz e Anekén ficou livre. Quando regressava para sua terra, viu-se misteriosamente atraído pelo arbusto de Calafate e, ao provar seu fruto, recordou-se de sua amada. Anekén amava tanto Calafate que decidiu nunca mais se separar daquela planta, com a qual passou o restante de sua vida, até morrer de velhice.

E foi assim que nasceu o calafate. É por isso que dizem por aquelas bandas que quem viaja à Patagônia e o prova, sempre volta...

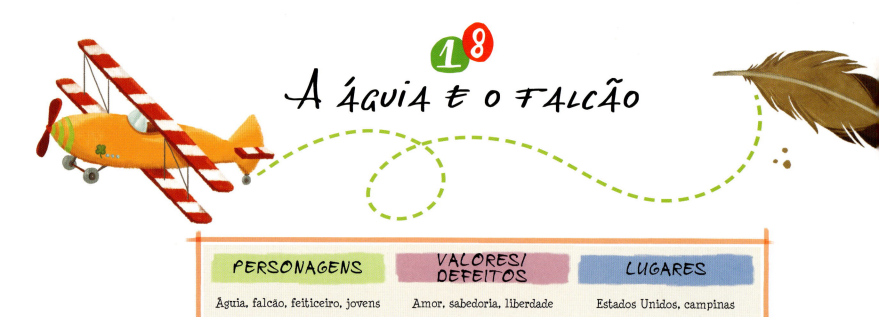

18 A ÁGUIA E O FALCÃO

PERSONAGENS	VALORES/DEFEITOS	LUGARES
Águia, falcão, feiticeiro, jovens	Amor, sabedoria, liberdade	Estados Unidos, campinas

Era uma vez, nas campinas de Dakota, um povoado de índios sioux que vivia em paz com outros peles vermelhas e com os homens brancos.

Naquela tribo, havia dois jovens - Nuvem Celeste, uma garota morena, e Mensageiro Veloz, o filho do chefe da tribo - que estavam apaixonados e queriam se casar. De modo que, seguindo os costumes da tribo, foram se aconselhar com o Grande Coiote, o feiticeiro, que todos consideravam um sábio.

– Queremos nos casar - eles lhe disseram -, mas desejamos que nosso amor não desapareça com o passar do tempo como às vezes acontece. Você pode nos ajudar nisso, Grande Coiote?

O velho feiticeiro ficou em silêncio por alguns instantes. Depois disse:

– Sim, posso. Mas preciso provar se o amor de vocês é verdadeiro. Você, Nuvem Celeste, deve escalar o Monte do Vento e caçar um falcão que mora no cume. E você, Mensageiro Veloz, tem que subir a Montanha do Fogo e caçar uma águia que tem seu ninho lá.

Os apaixonados se olharam, estranhando, pois esperavam um feitiço mágico, ou um talismã que os protegeria. Mas, como confiavam na sabedoria do feiticeiro, partiram.

Depois de não poucas dificuldades e muitas luas, ambos conseguiram cumprir sua missão e se apresentaram novamente diante do Grande Coiote.

- Atem as patas de cada ave com a mesma corda e deixem-nas sozinhas, para ver o que fazem.

Amarraram-nas. A águia e o falcão tentaram voar, mas atrapalharam-se, um sem querer estar com o outro, e não conseguiam alçar voo. Tentaram várias vezes, mas sem sucesso. Por fim, fartos e enfurecidos, começaram a se bicar.

- Solte-os! É o suficiente - ordenou o feiticeiro sioux.

Quando as desamarraram, as aves voaram livres e desapareceram no horizonte.

- Percebem? - ensinou o Grande Coiote. - Os apaixonados são como as aves: se vivem amarrados, ainda que seja por amor, não voarão, e brigarão... Devem voar juntos, mas nunca amarrados.

Nuvem Celeste e Mensageiro Veloz aprenderam a lição.

As apostas do rico e do pobre

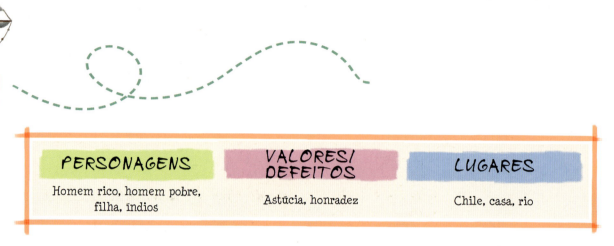

PERSONAGENS	VALORES/ DEFEITOS	LUGARES
Homem rico, homem pobre, filha, índios	Astúcia, honradez	Chile, casa, rio

Houve uma vez, há centenas de anos, que os índios mapuches fizeram uma grande festa que durou vários dias.

E lá, um homem muito rico, animado pela bebida, quis apostar com um jovem pobre:

– Darei minhas vacas para você se for capaz de tirar minha comida de mim sem me tocar.

O pobre seguiu o rico até a sala de jantar, sem que o outro percebesse, e subiu no lustre acima da mesa onde o rico iria almoçar. De lá, lançou uma pedra sobre a mesa e a comida pulou para fora do prato.

– Você ganhou – reconheceu o rico. – Mas isso não ficará assim. Darei minhas ovelhas a você se me tirar da minha cama sem me tocar. Se não conseguir, me devolve as vacas.

Quando a noite chegou, o pobre subiu no lustre do quarto do rico e soltou um saco de formigas sobre a cama. Poucos minutos depois, meio enlouquecido pelas mordidas, o rico abandonou seu leito e teve que entregar as ovelhas ao pobre.

Mas como o rico não gostava de perder, propôs outra aposta:

– Darei meu cavalo a você se for capaz de me fazer descer de seu lombo sem me tocar. E, se não conseguir, me devolve as vacas e as ovelhas.

Na manhã seguinte, o pobre se pendurou em um galho de uma árvore do caminho e esperou.

Quando o rico passou por ali a cavalo, o pobre soltou seu laço coberto de quiscos - que são cactos cheio de espinhos - e agarrou o rabo do cavalo. O cavalo, histérico por causa da dor, derrubou o cavaleiro, mergulhou no rio Limari e se afogou.

- Já não tenho mais cavalo, mas me peça o que quiser, pois você ganhou em uma disputa honesta - disse o rico (que já não era tão rico).

- Quero me casar com sua filha - disse o pobre (que já não era tão pobre).

E o rico, vendo que se tratava de uma boa pessoa, além de ser muito astuto, aceitou. Assim, então, mesmo sem consultar a opinião da filha, o casamento foi combinado!

Graças a Deus, a filha gostou do jovem e eles foram muito felizes.

20
A festa no céu

PERSONAGENS	VALORES/DEFEITOS	LUGARES
Deus, anjos, tartaruga, abutres, águias, colibri	Bondade, esperança, esforço	Brasil, floresta, céu

Pois sim, senhor, uma vez chegou uma magnífica notícia na floresta: Deus havia organizado uma festa no céu para as aves.

Todos, desde a grande águia até o pequeno colibri, se esmeraram em polir o bico e lavar as asas para a ocasião.

A tartaruga observava os preparativos morta de inveja. Sempre havia desejado ir ao céu e ficou muito triste por não poder assistir à festa. Mas era muito teimosa...

Reuniu suas economias e pediu às águias que a levassem em troca de dinheiro.

— Você não foi convidada. Além disso, o dinheiro não nos serve para nada — disseram.

A tartaruga não desanimou. Suplicou a outras aves, mas sempre lhe respondiam o mesmo:

— Não. Você ali não manda nada.

Até que, um dia, viu os abutres colocando os violões em uma bolsa para levar ao céu, porque pensavam em tocar e cantar com os anjos. Então, aproveitando um descuido, a tartaruga entrou na bolsa.

Ficou um pouco enjoada durante a longa viagem, mas chegou sã e salva.

Quando entrou, secretamente, no céu, ficou impressionada. Estava repleto de deliciosos manjares, os anjos cantavam, as aves dançavam felizes e muitos contavam

piadas das boas.

Ela, escondida em um canto, contemplava tudo, encantada. Ninguém a viu. Apenas Deus a viu e sorriu, mas não disse nada.

Quando a festa acabou, os animais começaram a preparar seu voo de regresso. A tartaruga entrou novamente na bolsa dos violões, mas, dessa vez, quando os abutres pararam em uma nuvem para descansar, abriram a bolsa e a encontraram.

- Você!? O que faz aqui? Fora!

Eles, então, jogaram a tartaruga em queda livre, que desceu a toda a velocidade. Ela fechou os olhos enquanto caía. Ao chegar na terra, chocou-se contra uma rocha e seu casco se partiu em mil pedaços.

- De qualquer forma, valeu a pena - disse, satisfeita, pensando que havia chegado a sua hora de morrer.

Mas, ao abrir os olhos, viu Deus costurando os pedacinhos do casco. Em seguida, ela o vestiu com muito cuidado, sorriu e desapareceu.- Obrigada! - conseguiu dizer timidamente.

E todas as tartarugas, desde então, têm o casco remendado. E ficou muito mais bonito do que era antes...

Nug, o primeiro dragão 58

Os sete cegos 60

Como nasceu o horóscopo chinês 62

A pérola e a pipa 64

A ostra e o grou 66

O pastor e as serpentes 68

O dragão do ano-novo 70

O bosque maldito 72

Um burro na selva 74

O lobo mal-agradecido 76

O fantasma 78

O avô adotado 80

Adivinhe ou morra 82

O dedo mágico 84

A flor do crisântemo 86

A corrente milagrosa 88

O órfão afortunado 90

Um reino por um sorriso 92

Seguindo os rastros 94

O poço milagroso 96

Nug, o primeiro dragão

PERSONAGENS	VALORES/ DEFEITOS	LUGARES
Deus, Senhor da Chuva, Senhor do Ar, cavalo, dragão, coruja	Bondade, solidariedade, esforço	Terra, Himalaia, China, rios

Há muitos, muitíssimos de milhares de anos, Tan Dil, o Senhor da Chuva, vendo que os homens declaravam guerra continuamente e se comportavam como egoístas, enviou uma chuva interminável à Terra, para que lhes servisse de castigo. Tudo, exceto as montanhas, ficou coberto por água.

Mas, então, Nug, o Senhor do Ar, compadecido com os pobres seres humanos, que não eram tão maus assim, mas um pouco fracos e bobos, transformou-se em um cavalo branco alado e desceu à Terra, para ajudá-los.

Ao aterrissar, encontrou uma coruja, que é um dos animais mais sábios.

- O que aconteceu, cavalo? -perguntou a coruja. - Parece triste.

- Estou mesmo - respondeu Nug. - Queria acabar com esta catástrofe, mas não sei o que fazer. Tudo está inundado e continua chovendo!

- Pode conseguir se encontrar o barro mágico e construir diques para conter a água - disse a coruja. - O Sol acordará cedo ou tarde e evaporará a água pouco a pouco.

Então, Nug, o Senhor do Ar, voou que voou, galopou que galopou, procurou que procurou o barro mágico até que, enfim, encontrou-o nas ladeiras da cordilheira do Himalaia.

    Trabalhou sem descanso com a ajuda dos escassos homens que haviam sobrevivido ao grande dilúvio e, pouco a pouco, o mundo foi recobrando seu aspecto primitivo.

    Tan Dil, o Senhor da Chuva, aborreceu-se com Nug e quis se vingar dele. Enviou um raio certeiro que o alcançou em cheio e Nug morreu instantaneamente.

    Mas Deus se compadeceu de Nug e devolveu-lhe à vida transformado em dragão, o primeiro dragão que povoou a Terra. Além disso, Deus proibiu o Senhor da Chuva de voltar a inundar o mundo sob quaisquer circunstâncias, e ele teve que obedecer.

    E ocorreu que Nug, transformado em dragão, continuou ajudando os homens. Com sua enorme força, canalizou a água escavando caminhos largos e profundos e, assim, nasceram todos os grandes rios da China.

    Desde então, a figura do dragão foi sempre respeitada e querida pelo povo, ainda que nem todos os seus descendentes tenham sido tão bons quanto Nug, o primeiro dragão.

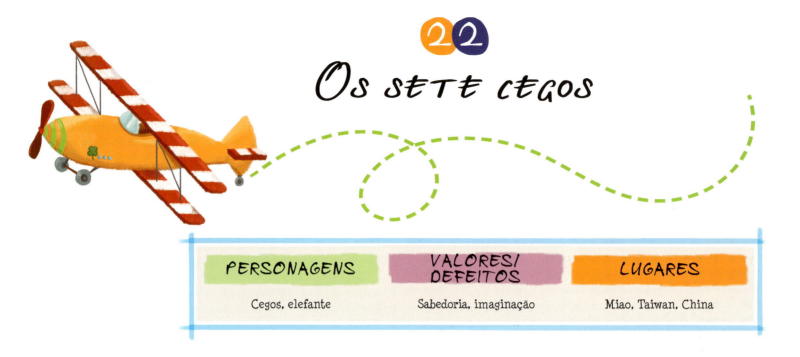

22
Os sete cegos

PERSONAGENS	VALORES/DEFEITOS	LUGARES
Cegos, elefante	Sabedoria, imaginação	Miao, Taiwan, China

Em Miao, faz muito tempo, celebrava-se um concurso original em que só poderiam se inscrever cegos. O prêmio era muito desejado: o ganhador comeria e dormiria de graça por toda a sua vida, cada dia na casa de um vizinho que, durante vinte e quatro horas, se encarregaria de tratá-lo como rei.

O concurso consistia em que os cegos, utilizando-se unicamente do tato, adivinhassem que objeto lhes estava sendo apresentado. Aquele que errava acabava eliminado.

Um ano, aconteceu de, quando fizeram o primeiro cego tocar um objeto, ele respondeu de imediato:

– É uma lança.

E o eliminaram. Ao segundo, deram algo diferente:

– É um leque! – disse, muito seguro de si.

E também foi eliminado. O terceiro, ao tocar o objeto da sua vez, respondeu:

– É uma coluna.

Mas também não acertou. O quarto, quando acariciou o que colocaram ao alcance da sua mão, disse:

– É uma parede encarquilhada.

E nada. Também tinha errado.

O quinto cego, depois de tocar um objeto com a mão, tirou-a rapidamente:

— Que medo! É uma cobra!

Mas não era uma cobra. O sexto participante, depois de apalpar o que havia sido sorteado para ele, aventurou-se:

— É um chicote.

Também errou. Já sobrava apenas um cego. Se acertasse, ganharia o ansiado prêmio!

Esse sétimo cego, que se chamava Wu, era muito sagaz e tinha prestado muita atenção na resposta dos outros participantes. Quando lhe deram o seu objeto, ele meditou profundamente antes de responder:

— Parece uma unha gigante, mas é... um elefante!

Todos os espectadores e jurados ficaram admirados.

— Como você acertou? — perguntaram, surpresos.

— Uma lança se parece com um dente, um leque pode ser confundido com uma orelha enorme, uma coluna é como uma pata muito grande, uma parede encarquilhada é como o lombo de um elefante, uma cobra não é muito diferente de uma tromba e um chicote se assemelha a um rabo...

Wu ganhou o prêmio porque, mesmo sendo cego, soube ver as coisas em seu conjunto, algo pouco frequente, inclusive entre as pessoas que não são cegas...

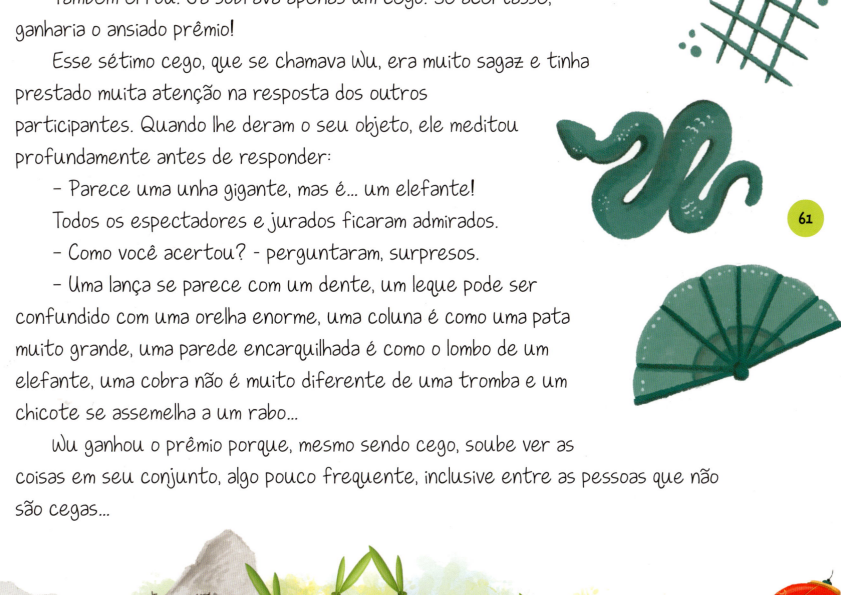

Como nasceu o horóscopo chinês

PERSONAGENS	VALORES/ DEFEITOS	LUGARES
Rato, gato, macaco, outros animais	Astúcia, imaginação	China, selva

Faz muito tempo, tanto que ninguém sabe exatamente quando, todos os animais que viviam em uma selva da China se reuniram. Costumavam juntar-se uma vez ao ano para fazer um piquenique, contar "causos" e eleger o animal que seria o rei da selva durante o ano seguinte. Quase sempre ganhavam o leão, o elefante ou o tigre.

Naquela ocasião, houve um macaco um pouco excêntrico que pediu a palavra para fazer uma proposta curiosa:

– Por que não elegemos, além do rei da selva, doze de nós para que façam parte de um horóscopo?

Todos olharam para ele com estranheza.

– Um horóscopo?

– Sim. É como uma previsão que se faz examinando as estrelas - explicou o macaco. – Dizem que serve para conhecer o futuro. Não se acerta quase nunca, mas isso não tem importância. O importante é que nos divertiremos e ficaremos famosos. Seremos para todo o sempre os protagonistas do horóscopo chinês!

– E que doze animais terão essa honra? - perguntou o mosquito.

— Poderíamos apostar uma corrida daqui até o rio. Os doze primeiros a chegar seriam eleitos.

A maioria dos animais concordou. Deram a largada:

— Preparar, apontar... Já!

Saíram todos em debandada. Todos? Não. A tartaruga nem se incomodou em arrancar, o mesmo fez a formiga, a aranha e outros bichos que não eram lá muito rápidos. O gato também não participou, pois tinha bebido além da conta e ficou dormindo. Essa foi a razão para esses animais não figurarem no horóscopo chinês.

Depois de uma corrida emocionante, os vencedores foram: o dragão, o coelho, o tigre, o cavalo, o macaco, a serpente, o cão, o carneiro, o galo, o porco, o boi e... o rato.

Mas como o rato conseguiu chegar entre os doze primeiros?

Ele foi muito astuto: empoleirou-se no lombo do cavalo e se deixou cair no chão pouco antes da chegada, para que ninguém descobrisse que tinha trapaceado...

Por isso, desde então, os gatos têm muita inveja dos ratos e, cada vez que veem um, perseguem-no para acertar as contas.

24
A pérola e a pipa

PERSONAGENS	VALORES/DEFEITOS	LUGARES
Dragão, imperador, filho, marinheiros	Astúcia, cobiça	Bornéu, montanha, caverna, Kinabalu, palácio

Ao sul do Mar da China, há um monte de ilhas, entre elas, Bornéu. E em Bornéu se eleva uma montanha conhecida como Kinabalu. Em seu cume, em uma caverna, habitava um famoso dragão. Contudo, não era um dragão mau, e sim, pacífico.

E por que aquele dragão era famoso? Porque possuía uma pérola gigante de valor incalculável, com a qual jogava bola como um garoto. Ele chutava a pérola, jogava-a para cima e a agarrava com a boca, a fazia rolar...

Aquela pérola atraiu muitos homens que queriam tirá-la do dragão, mas todos fracassaram... Até que o imperador da China ordenou a seu filho que a trouxesse.

– Se não conseguir, desserdo você! – ameaçou.

O filho do imperador, que se chamava Sang e era muito esperto, bolou um plano para ficar com a pérola e partiu para Bornéu com seus homens em uma embarcação. Durante a viagem, fizeram uma pipa gigante. Quando chegaram, esperaram por uma noite em que o vento estivesse soprando. Sang subiu na pipa e se elevou pelos ares até o cume de Kinabalu. Sang entrou secretamente na caverna do dragão, que dormia junto à pérola, pegou-a com cuidado, agarrou-se novamente à pipa e acendeu um sinalizador, que era o sinal para que seus homens zarpassem rumo à China, a todo vapor, arrastando Sang sobre a pipa.

Quando o dragão acordou e percebeu que sua pérola havia desaparecido, enfureceu-se. Fixou o olhar no horizonte, avistou de longe o barco que puxava Sang e se lançou na água, gritando:

— Devolva minha pérola ou cuspirei fogo e os transformarei em espetinhos de carne!

Os marinheiros estremeceram ao ver o dragão.

— Fiquem calmos! — disse Sang, que já tinha baixado da pipa para o navio com a pérola. — Disparem o canhão!

Quando o dragão viu chegando a bala que brilhava sob o sol, agarrou-a no ar pensando que lhe devolviam seu tesouro. Mas, ao se dar conta de que aquela bola de chumbo não era sua pérola, não se importou muito. Pois, no fim das contas, ela também servia para brincar. E, assim, todos ficaram satisfeitos.

25
A ostra e o grou

PERSONAGENS	VALORES/DEFEITOS	LUGARES
Ostra, grou, pescador	Obstinação, teimosia e mau humor	China, praia

Uma vez, na costa de Dalián, existiu uma ostra que se deitou para tomar sol sobre uma rocha perto da praia. Estava tão tranquila e relaxada que não se deu conta de que um grou se aproximava.

A verdade é que o grou, sem fazer nenhum barulho, aproximou-se da ostra prendendo a respiração. E, quando chegou ao seu lado - záz! -, fincou o bico com tudo em sua carne.

Mas as ostras têm um reflexo impressionante. Ao notar a bicada, a ostra se fechou com tudo, com tanta força, que o grou não conseguiu tirar o bico, que ficou preso dentro da concha.

- Raios que a partam! - disse o grou muito aborrecido e dolorido. - Solte-me!

- Mas que diabos! - respondeu a ostra, que também era geniosa e não ficava atrás do grou. - Você é quem tem que me soltar! E, então, abrirei a minha concha para que você possa retirar seu bico.

- De jeito nenhum - disse o grou. - Nem penso em soltar você. Tenho muita fome e você é um aperitivo dos mais apetitosos. Cedo ou tarde terá que abrir, porque sei que as ostras não aguentam muito tempo sob o sol. Morrerás desidratada em poucas horas.

- Você é o grou mais estúpido que vi na minha vida - respondeu a ostra. - Nenhuma ostra solta sua presa, inclusive despois de morta. Além disso, você mesmo disse que está faminto. O mais provável é que desmaie antes que eu morra.

- Vamos ver - desafiou o grou.

- Vamos ver - a ostra aceitou a provocação.

E assim o tempo foi passando, pois os dois animais eram muito teimosos e nenhum deles dava o braço a torcer.

Estavam tão obstinados, que nenhum dos dois se deu conta de que um pescador se aproximava.

- Caramba! Hoje é meu dia de sorte! - exclamou o homem. - Aqui tenho os ingredientes perfeitos para um jantar suculento!

E, sem mais cerimônias, colocou a ostra e o grou em seu cesto, foi para sua casa e preparou um ensopado excelente! Enquanto morriam abraçados pelo calor do fogo, a ostra e o grou ainda estavam grunhindo.

- Solte-me!
- Solte-me você!

26
O pastor e as serpentes

PERSONAGENS	VALORES/DEFEITOS	LUGARES
Pastor, serpentes, flor, jovens	Paz, gratidão	Khüiten, China, montanha

Há muitos anos, nas áridas terras do norte da China, não longe do famoso pico de Khüiten, que serve de fronteira entre a Rússia e a Mongólia, vivia um jovem pastor chamado Li Bao, que tentava ganhar a vida cuidando de seu gado e vendendo o leite que suas cabras davam.

Um dia em que passeava com seus animais pelos penhascos dos arredores, contemplou uma cena estranha. Viu duas serpentes, uma branca e uma preta, lutando até a morte. Ambas tentavam morder e asfixiar sua rival.

Li Bao, que era por natureza pacífico e nada amigo de brigas, aproximou-se e, enquanto as separava com seu cajado, gritou:

— Serpentes! Todos temos direito à vida. Ninguém pode matar ninguém. O mundo é suficientemente grande para todos!

Então, as serpentes deixaram de lutar e se afastaram, indo para direções opostas.

No dia seguinte, ao Li Bao sair com seu rebanho, aproximou-se um jovem vestido de branco, que ele nunca havia visto, e lhe disse:

— Obrigado por salvar minha vida ontem. Como mostra do meu agradecimento, fique com este cântaro mágico. Está cheio de leite da melhor qualidade.

E, ao dizer isso, o jovem de branco desapareceu como num passe de mágica.

Mas, naquela mesma tarde, quando voltava ao seu lar, aproximou-se de Li Bao um outro jovem, todo vestido de preto, que lhe disse:

– Obrigado por salvar minha vida ontem. Como mostra do meu agradecimento, fique com esta formosa flor. Parece pouca coisa, mas é o que de mais valioso posso lhe oferecer.

E, ao dizer isso, também desapareceu como num passe de mágica.

Ao voltar para casa, Li Bao esvaziou o cântaro de leite para alimentar seus animais. E por mais leite que despejasse, o cântaro, que era mágico, continuava sempre cheio. Assim, o jovem nunca mais passou necessidade.

E, quando pôs a flor em um vaso para regá-la, de repente, e para sua surpresa, ela se transformou em uma belíssima e sorridente jovem. Ela se chamava Cui.

Os dois se apaixonaram, casaram-se e foram muito felizes.

Assim, as serpentes encantadas premiaram o pacifismo de Li Bao.

O dragão do ano-novo

PERSONAGENS	VALORES/DEFEITOS	LUGARES
Ancião, dragão	Valentia, engenhosidade	China, aldeia, mar, montanha

Era uma vez, no sul da China, um dragão gigantesco que se chamava Niam.

Ele era um monstro bastante peculiar, porque permanecia dentro da água o ano todo, sem incomodar ninguém, até chegar a noite de fim de ano. Então, como se ficasse louco de repente, saía da água furioso e espalhava o pânico entre todos os habitantes das aldeias próximas ao mar, arrasando em seu caminho casas, animais e pessoas.

Por isso, quando chegava o final do ano, todos saíam de suas casas e subiam uma grande montanha que havia nos arredores, com seus pertences mais estimados, para se salvar da ira de Niam, o Dragão Louco, que era como o chamavam naquelas terras.

Até que, em um ano, um ancião passou por ali e disse:

— Este ano não terão que fugir de Niam. Conheço um remédio infalível para fazê-lo retornar ao mar sem que ninguém sofra qualquer dano.

— Vovô, o senhor está mais louco que o dragão! Se quiser salvar sua vida, suba conosco a montanha.

— Nem pensar, eu ficarei aqui - disse ele.

Tentaram convencê-lo, mas não houve jeito, e ele ficou sozinho.

E, na noite de fim de ano, quando Niam saiu da água cego de fúria, o ancião fez uma gigantesca queima de fogos, que havia preparado para a ocasião. Aquele estrondo inesperado e o clarão cegante das explosões aterrorizaram o dragão, que jamais havia visto coisa igual. Ele voltou o mais rápido que pôde ao fundo do mar, para nunca mais sair de lá.

No dia seguinte, quando os habitantes das aldeias daquela área desceram da montanha, surpreenderam-se ao ver o ancião são e salvo.

Ele lhes contou seu segredo para espantar a besta e todos ficaram admirados. A notícia correu de boca em boca, de aldeia em aldeia, e, em pouco tempo, todo mundo já sabia como espantar o dragão.

Por isso, desde então, na China, no final do ano, tem-se o costume de soltar fogos e celebrar uma grande festa. Em alguns lugares, se representa a fuga do dragão (construído com papéis, papelão e sedas) quando se lançam os rojões e os fogos de artifício.

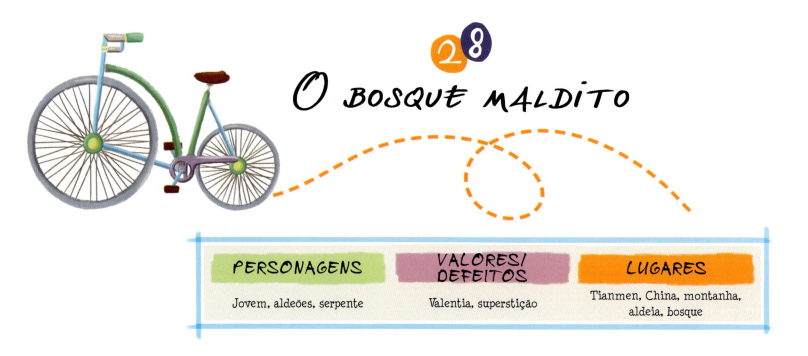

28
O bosque maldito

PERSONAGENS	VALORES/DEFEITOS	LUGARES
Jovem, aldeões, serpente	Valentia, superstição	Tianmen, China, montanha, aldeia, bosque

Faz muitos anos, ao sopé de uma montanha, próxima a Tianmen, havia um bosque sinistro, que todos acreditavam ser maldito porque os que ousavam atravessá-lo eram arrastados pelo vento e desapareciam misteriosamente.

No alto da montanha, havia uma aldeia. Seus habitantes, cada vez que queriam descer ao vale, aterrorizados pelo bosque, tinham que dar uma volta enorme para evitá-lo. Até que um dia, um jovem aldeão chamado Ruo decidiu atravessá-lo.

— Não vá! Morrerá sem saída! - aconselharam os aldeões.

— Sim, eu vou! Estou farto! Não se pode viver com medo! - respondeu ele.

Ruo saiu da aldeia, seguiu montanha abaixo e, ao chegar nos limites do bosque, pegou uma grande pedra, amarrou nela uma ponta da corda que levou consigo e amarrou a outra ponta à cintura para não sair voando caso aparecesse o temido vento.

Ele foi avançando devagar por causa do peso da pedra e porque a área era das mais selvagens e assustadoras.

"Não me surprende que as pessoas sintam pânico ao entrar aqui", pensou.

Depois de um tempo, de repente, um furacão se levantou, mas não conseguiu arrastar Ruo, que seguiu caminhando até cruzar o bosque.

Quando voltou à aldeia, todos receberam-no de braços abertos. Ele contou o que aconteceu a todos os vizinhos e os incitou:

– É possível vencer a maldição do bosque. Não existe magia, só vento! Vamos todos juntos!

– Vamos! - repetiram todos, animados.

Eles entraram no bosque com pesadas pedras amarradas a seus corpos. À medida que caminhavam, iam cortando ramos e árvores, abrindo caminho.

Quase ao final do bosque, em um grande buraco, viram uma serpente píton cercada de ossos. O enigma estava solucionado: o vento arrastava as pessoas até aquele buraco profundo e a serpente os devorava. Não havia nenhuma força diabólica naquele temido lugar.

Eles mataram a serpente, enterraram os ossos e voltaram aliviados à aldeia.

Com o tempo, nasceram novas árvores e o bosque se povoou de pássaros e todo tipo de animais, ganhando um novo encanto; e o vento, chato, se foi para outro lugar distante dali.

29
Um burro na selva

PERSONAGENS	VALORES/DEFEITOS	LUGARES
Burro, tigre, animais	Medo, curiosidade	Jiangxi, China, selva

Há muitos anos, na selva de Jiangxi, vivia um tigre que todos consideravam, não sem razão, o rei daquele território.

Mas, um belo dia, apareceu um novo habitante na selva, um animal esquisito, de quem ninguém sabia nada. Por isso sua presença causou uma grande expectativa e certo medo. Aquele novo habitante da selva não era outro senão um burro perdido.

Todos os animais ficaram desconcertados, e ninguém se atrevia a se aproximar dele nem a dar um pio. Olhavam para ele de longe, cheios de curiosidade. Quando o tigre o viu, também não disse nada, manteve-se a certa distância e o observou atentamente.

Logo o burro começou a zurrar. Todos saíram correndo, muito assustados, porque nunca haviam escutado um som semelhante, nem mesmo vindo dos animais mais ferozes.

Quando acharam que estavam a salvo, perguntaram ao tigre quem era aquele animal que até a ele mesmo havia assustado.

O tigre não tinha a mínima ideia de quem ele era, mas, como todos os outros o tinham como o rei da selva e ele não podia perder seu prestígio, teve que improvisar uma resposta:

– Sem dúvida é um deus que desceu da montanha...

- E como devemos tratá-lo? - perguntaram os animais.

- Não se preocupem - disse. - Falarei com ele e logo direi a vocês.

Na manhã seguinte, quando o burro ainda estava dormindo, o tigre se aproximou e, para acordá-lo, tocou a barriga dele com suas garras.

O burro abriu os olhos de repente e, achando que o tigre não estava com boas intenções, deu-lhe um coice extraordinário no focinho enquanto zurrava histericamente.

O tigre, por causa da patada que o burro lhe deu, perdeu vários dentes. E ficou de muito mau humor.

- Isso é tudo o que você sabe fazer? - rugiu. - Agora vai ver o que eu sei fazer...

E, com alguns golpes com suas garras, ele despachou o burro desta pra uma melhor.

Um tigre zangado é demais para qualquer burro, mesmo que ele dê ótimos coices. Por isso, desde então, não há nenhum burro que viva na selva.

O lobo mal-agradecido

PERSONAGENS	VALORES/DEFEITOS	LUGARES
Fazendeiro, professor, lobo	Bondade, confiança, ingenuidade	Fuzhou, China, bosque

Uma vez, organizou-se uma caçada nos bosques de Fuzhou para acabar com um lobo sanguinário que fazia grandes matanças nas granjas dos arredores.

O mais interessado em matá-lo era o fazendeiro, Zhao, que perseguia o lobo a cavalo, pois ele havia devorado um grande número de cordeiros, galinhas e outros animais de sua propriedade.

O lobo era muito ágil e não se deixava capturar tão facilmente, ainda que Zhao e seu cavalo fossem ganhando terreno.

E, no momento em que o lobo estava mais apurado em sua fuga desesperada, ele cruzou com uma carreta carregada com sacos cheios de livros conduzida por um professor chamado Donguo, que os transportava até a nova sede da escola. O lobo, então, se deteve e disse a Donguo:

— Bom homem, estão me perseguindo para me matar. Salve minha vida, esconda-me em um dos sacos da carreta.

Donguo se compadeceu do lobo, esvaziou um dos sacos de livros e escondeu o lobo dentro dele. Instantes depois, apareceu Zhao e perguntou ao professor:

— Você viu um lobo por aqui?

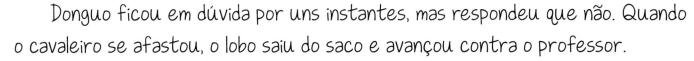

Donguo ficou em dúvida por uns instantes, mas respondeu que não. Quando o cavaleiro se afastou, o lobo saiu do saco e avançou contra o professor.

- O que está fazendo, lobo? - protestou o homem, esquivando-se a duras penas. - Salvei sua vida!

- É verdade - disse o lobo -, mas agora tenho muita fome...

E, dizendo isso, abriu a bocarra deixando ver seus caninos afiados, disposto a devorar o professor, que se defendia como podia, protegendo-se entre os sacos de livros.

O pobre Donguo estava a ponto de ver seu fim pelas dentadas do lobo quando, de repente, uma lança foi cravada no peito do animal, matando-o instantaneamente.

Zhao salvou Donguo. Ele presenciou a cena escondido atrás de um matagal, intrigado pela atitude do professor, pois sabia que era um homem bondoso que se compadecia por todo mundo.

- Donguo - disse ele -, nunca confunda bondade com ingenuidade.

Até mesmo os professores precisam, de vez em quando, que lhes deem lições...

31
O fantasma

PERSONAGENS	VALORES/ DEFEITOS	LUGARES
Sábios, fantasma	Curiosidade, sabedoria, medo	Xian, China, cemitério, aldeia

Era uma vez dois sábios muito amigos que viviam em uma aldeia ao sul de Xian. Um dia, iam passeando tranquilamente e discutiam se existiam ou não fantasmas. Um deles, chamado Wen, achava que sim, existiam; e o outro, um tal de Jari, acreditava que não.

Ao passarem juntos por um cemitério, Wen disse:

— Vamos ficar longe daqui, ou pode ser que apareça algum fantasma e nos ataque... Os fantasmas adoram os cemitérios.

— Mas, o que você está dizendo!? Acredita que um morto vá sair da tumba ou algo assim? Os mortos descansam em paz, e os fantasmas... não existem! — retrucou Jari.

Estavam nisso quando avistaram um ancião, muito bem-vestido, sentado à sombra de uma árvore. Ele os havia escutado e sorria.

Os dois sábios observaram-no. Pensaram que, certamente, aquele homem era um outro sábio como eles, assim, decidiram conversar com ele e se sentaram ao seu lado.

— E você, acredita em fantasmas? — perguntou Wen.

— Bem, vejam, todo mundo diz que os fantasmas são invisíveis, de forma que talvez sim... talvez não.

— Como talvez sim? — perguntou Jari. — Ninguém nunca viu um.

— É possível - respondeu o ancião -, mas talvez as pessoas se equivoquem. Pode ser que existam...

— Ah! Você quer dizer que os fantasmas podem existir nos livros de histórias ou no além - disse Jari.

— Sem dúvida - prosseguiu o ancião. - Mas, e se também houver fantasmas neste mundo? E se houver fantasmas tão visíveis quanto nós?

— Impossível!

— Verdade? Permita-me dizer a vocês que eu... Sou um fantasma! - disse o ancião levantando-se. - Agora, desculpe-me, mas tenho que ir. Até logo! Foi um prazer conhecê-los.

E se afastou bem tranquilo.

Os dois sábios ficaram mais brancos que um fantasma de verdade. Começaram a correr e não pararam até chegar à aldeia.

Desde então, os dois continuam muito interessados em fantasmas. Ainda que suspeitem que aquele ancião zombou deles, fazendo-se passar por um de verdade.

Mas, de qualquer forma, jamais voltaram a passear perto do cemitério.

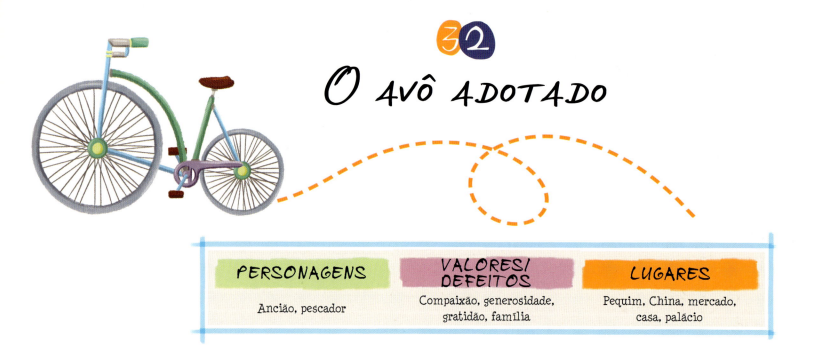

32
O avô adotado

PERSONAGENS	VALORES/DEFEITOS	LUGARES
Ancião, pescador	Compaixão, generosidade, gratidão, família	Pequim, China, mercado, casa, palácio

Conta-se que, uma vez, aconteceu uma cena insólita no mercado de Pequim. Entre as vozes dos vendedores que anunciavam seus produtos, sobressaiu a de um velho pedinte que gritava:

– Alguém quer me adotar? Serei um bom avô para quem quiser ficar comigo!

Alguns o olharam como se ele estivesse louco de pedra. Outros riram dele. E uns poucos sentiram pena, mas se fizeram de surdos. Somente Wang, um pescador de grande coração, sentiu-se comovido até o ponto de se aproximar e dizer-lhe:

– Vamos para minha casa. Trataremos você como se fosse da família.

E, realmente, levou o ancião para seu lar, apresentou-o à sua esposa e aos seus filhos, deu-lhe um banho para tirar toda a sujeira, deu-lhe roupas limpas, ofereceu-lhe um jantar magnífico e preparou-lhe um quarto acolhedor.

Passaram-se dias, semanas, meses. O velho mal falava, mas se via como ele estava feliz com aquela família que o tratava com carinho. E, assim, nasceu uma profunda amizade entre eles.

Até que, um belo dia, enquanto todos estavam sentados ao calor do fogo, o ancião falou:

– Meu tempo neste maravilhoso lar terminou. Devo partir, e não me perguntem por quê. Mas, neste papel, deixo-lhes escrito meu endereço. Espero que logo me visitem. Talvez eu possa corresponder a generosidade e o carinho que vocês me demonstraram.

E, depois de abraçar a todos, o ancião se foi.

Quando, passada uma semana, Wang, o pescador, e sua família foram visitar o ancião, tiveram a maior surpresa de sua vida. O velho a quem tinham acolhido durante vários meses vivia em um palácio situado junto ao do imperador da China. Porque ele era nada menos que... o irmão do imperador!

– Apenas me disfarço de vez em quando e vivo incógnito com a intenção de conhecer os verdadeiros sentimentos do povo chinês – explicou o homem. – Pela sua imensa bondade, convido-os a viver comigo. Agora sou eu quem adotarei vocês. Aqui não lhes faltará nada durante o restante de suas vidas.

E Wang e sua família foram muito felizes.

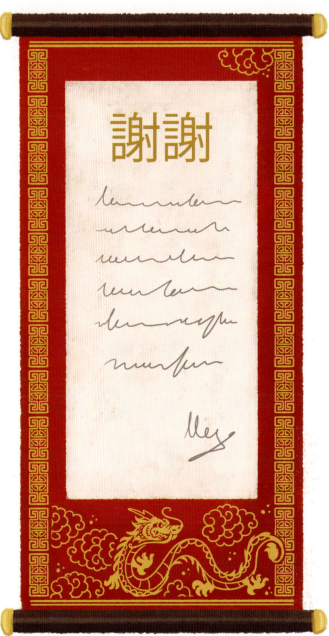

Adivinhe ou morra

PERSONAGENS	VALORES/DEFEITOS	LUGARES
Princesa, jovem, imperador	Sabedoria, valentia, crueldade	Palácio, China

Certa vez, existiu uma princesa chamada Turandot, que era muito bonita, mas também indômita, inteligente e cruel. Turandot não queria se casar com nenhum de seus numerosos pretendentes e isso enfurecia seu pai, o grande imperador, a quem todos na China se submetiam sem hesitar. Todos, exceto sua filha...

Um dia, o imperador se fartou da atitude da filha e ameaçou-a:

— Se não se casar até daqui a um ano, deserdo você e a expulso do palácio imperial. Viverá como uma mendiga.

Apesar de sua rebeldia, Turandot não conseguiu evitar um estremecimento; sabia que seu pai não estava brincando. E, por isso, impôs uma condição:

— Que seja! Mas apenas me casarei se encontrar um homem capaz de adivinhar a resposta das três charadas que eu lhe fizer. E, àqueles que não acertarem, eu mesma lhes cortarei a cabeça...

O imperador aceitou e publicou um proclame real anunciando as arriscadas condições impostas pela princesa para contrair matrimônio, e, claro, ninguém se atrevia a se apresentar.

E o tempo passou...

Até que, um dia, a ponto de se cumprir o ano de prazo fixado pelo imperador, apareceu no palácio um jovem disposto a se submeter à terrível prova.

Turandot olhou fixamente para o valente desconhecido e disse:

– Adivinhe ou morra! Mata a todos, mas é morto pela água.

– O fogo! – respondeu o aspirante sem pestanejar.

A princesa esboçou um gesto de decepção.

– Adivinhe ou morra! É duro como uma rocha, mas as pessoas o bebem.

– O gelo! – respondeu o jovem que estava apostando sua vida.

Turandot olhou para ele com um misto de raiva e surpresa. E falou pela terceira vez:

– Adivinhe ou morra! O gelo a acende e, quanto mais acende, mais fria se torna... O que é?

Dessa vez o jovem ficou calado. A princesa pegou seu sabre, disposta a cumprir sua terrível sentença. Mas, então, o ousado pretendente respondeu:

– Turandot!

Turandot ficou boquiaberta. Ele havia adivinhado! O assombro deu lugar à admiração.

– Você é valente e inteligente – disse. – Ficarei feliz em me casar com você!

34
O dedo mágico

PERSONAGENS	VALORES/DEFEITOS	LUGARES
Mago, homem pobre	Amizade, avareza	Xangai, China, caminho

Havia dois homens que foram amigos na infância, mas que não voltaram a se ver por muitos anos, até que se encontraram casualmente nos arredores de Xangai. Um deles, chamado Ma Wei, havia se dado muito bem na vida. Tinha se tornado um mago de primeira e conseguia tudo aquilo a que se propunha.

Em compensação, o outro homem, que se chamava You Tan, era miserável, não tinha família e nada dava certo para ele.

Quando se encontraram, deram um forte abraço e começaram a recordar os velhos tempos. Logo depois, Ma Wei, o mago, perguntou a You Tan, o pobre:

– Como está a vida?

– Terrível! Quase não tenho trabalho, passo fome e frio, sou um desgraçado, não tenho onde cair morto.

– Talvez eu possa fazer algo para ajudá-lo... Sou mago.

– Podia me arranjar algum dinheiro? – perguntou You Tan.

– Claro que sim! Veja só...

E, sem maiores preâmbulos, tocou o dedo em uma pedra do caminho e a transformou em ouro. Pegou-a e deu para seu velho amigo, que a olhou boquiaberto.

84

— Oh, obrigado! - disse, arregalando os olhos. - Mas são tantas as minhas necessidades... Não poderia transformar em ouro esta outra pedra, que é muito maior?

O mago suspirou e disse:

— Bem, tudo pelos velhos tempos...

E, tocando a pedra, que tinha o tamanho de um tijolo, transformou-a em ouro e deu-a ao amigo pobre.

— Fantástico! - exclamou You Tan.

— Satisfeito? - perguntou o mago.

Mas o outro, tomado pela ambição, franziu o cenho e acrescentou:

— Ma Wei, você sabe como a vida é dura, como ela é longa, como tudo está caro, os reveses que acontecem quando menos se espera...

O mago ficou assombrado. You Tan ainda queria mais riquezas! E perguntou:

— O que mais você quer?

— Seu dedo! Quero seu dedo! - disse, lançando-se sobre o amigo, que não teve tempo para fugir.

E, uma vez mais, comprovou-se o que diz o velho ditado chinês:

"Os pobres mais pobres são os que nunca têm o bastante."

A flor do crisântemo

PERSONAGENS	VALORES/DEFEITOS	LUGARES
Sábio, mãe, doente	Esperança, amor, sacrifício	Casa, caverna, China

Era uma vez uma mãe viúva que tinha um filho de dez anos de idade chamado Ma Ko. Ele estava doente e sua boa mãe, desesperada. Haviam visitado médicos, mas não lhe davam esperança de cura.

A pobre mulher procurou, por fim, um ancião que vivia em uma caverna da montanha e tinha a fama de sábio e honrado. Quando ela contou seus problemas, o ancião, que se chamava Ke Tuo, disse:

– Traga-me uma flor de crisântemo e, ao contar suas pétalas, direi quantos anos seu filho viverá.

A mulher procurou um crisântemo e o arrancou para levá-lo a Ke Tuo, mas, com infinita tristeza, se deu conta de que só tinha quatro pétalas. Examinou muitos outros crisântemos, e todos tinham quatro pétalas.

A mãe do garoto doente, como amava seu filho mais do que sua própria vida, não se deu por vencida. Cortou dúzias de crisântemos, arrancou todas as pétalas deles e passou a noite inteira costurando-as entre si, até fazer um crisântemo que tinha incontáveis pétalas.

Na manhã seguinte, foi à caverna do sábio Ke Tuo em busca da tão ansiada resposta.

Quando o ancião examinou a flor que a mãe levou, sorriu com ternura. Inclusive, escaparam-lhe algumas lágrimas de emoção. Fazia muito tempo que não chorava. Tentou contar as pétalas, mas havia tantas que virou um trabalho quase impossível.

– Mulher, nunca na minha longa vida vi tanto amor, nem tanto sacrifício, nem tanta esperança - disse Ke Tuo à mãe. - Fique tranquila: vejo nesta flor de crisântemo que seu filho viverá muitos mais anos que você e eu...

Naquele mesmo dia, Ma Ko, o garoto doente, começou a melhorar e logo ficou mais forte que um leão. A mãe agradeceu aos céus por aquele milagre.

Por isso, desde então, os crisântemos têm tantas pétalas (antes tinham apenas quatro). Também é por isso que, a partir daquele dia, na China, existe a crença de que os crisântemos possuem a propriedade de prolongar a vida dos seres humanos.

36
A corrente milagrosa

PERSONAGENS	VALORES/DEFEITOS	LUGARES
Ancião, filhos, noras, filha	Carinho, avareza, astúcia	Zigong, China, casa

Era uma vez, na região de Zigong, um ancião viúvo chamado Bao, que estava com a saúde muito debilitada e vivia sob os cuidados de dois de seus filhos e as esposas deles.

O ancião tinha também uma filha muito inteligente e carinhosa chamada Bei Li, mas ela vivia longe, em outro vilarejo, e não podia ir ver seu pai com tanta frequência quanto gostaria.

Bao sofria porque, além dos males próprios da idade, dava-se conta que seus filhos e noras não cuidavam dele com muita solicitude. Não é que lhe tratassem mal, mas a atenção que eles lhe davam era muito diferente do carinho que recebia de Bei Li quando ela o visitava.

– Sinto-me um estorvo – dizia Bao para si mesmo. – Como sinto falta de Bei Li, minha filha querida!

E, certa vez que Bei Li foi ver seu pai, ele desabafou com ela e lhe contou sobre suas mazelas.

– Não se preocupe, pai, eu vou resolver isso...

Na vez seguinte que Bei Li visitou Bao, levou-lhe um presente: uma corrente de ouro muito bonita e valiosa.

— É mágica - disse a mulher ao pai. — Leve-a sempre pendurada em seu pescoço e verá como, a partir de agora, todos o tratarão melhor.

E, realmente, a corrente de ouro chamou muito a atenção dos filhos de Bao e de suas mulheres. Eles ficaram de olho naquela joia. Começaram a tratá-lo com muito carinho e jamais se esqueciam de atendê-lo, nem no menor detalhe. E, assim, os últimos meses de vida do ancião foram tranquilos e felizes.

Em seu testamento, Bao repartiu, em partes iguais, seus escassos pertences entre seus três descendentes. E, quanto à corrente de ouro, o ancião registrou que deveria ser devolvida à dona, sua filha Bei Li, para a decepção dos demais, que haviam sonhado em herdar aquela joia.

No entanto, a corrente não era mágica. Sua única magia consistia em seu valor e no carinho com que Bei Li a havia entregado ao pai.

O órfão afortunado

PERSONAGENS	VALORES/DEFEITOS	LUGARES
Órfão, jovem, anciã, homem rico	Amor, beleza, compaixão, gratidão	Sha-mo, Hami, China, aldeia, casa, mercado

Era uma vez um rapaz chamado Xiani que ficou órfão. Sua casa era enorme e ele se sentia completamente desamparado nela. Assim, decidiu abandonar seu lar e sua aldeia, próxima a Sha-mo, e partir para a cidade de Hami para começar uma vida nova.

Contudo, quando chegou à cidade, não teve sorte. Percorreu as ruas procurando trabalho e uma casa onde se amparar. Mas não encontrou ninguém que o ajudasse. Ao cair da noite, esgotado, aninhou-se para dormir junto à porta de uma casa, quase morto de frio.

Depois de um tempo, a dona da casa chegou. Era uma anciã de bom coração que, ao ver o pobre Xiani jogado como um cão, apiedou-se dele, decidiu adotá-lo e o tratou como um filho. A partir de então, Xiani trabalhou ajudando a anciã em seus trabalhos agrícolas e vendendo no mercado os frutos colhidos.

Um dia, o garoto conheceu uma preciosa jovem chamada Owa, e eles se apaixonaram perdidamente. Durante vários meses, viram-se diariamente. E, por fim, decidiram se casar.

O pai da garota, um proprietário de terras avarento e egoísta, não permitiu o casamento porque Xiani era pobre. Mas Owa e Xiani se amavam tanto que fugiram juntos para o casarão do rapaz, na aldeia, e ali se estabeleceram.

No dia seguinte, Xiani escreveu uma carta à anciã que o adotou, pois a considerava como uma segunda mãe. Ele lhe propôs que fosse viver com eles em sua casa na aldeia, disse que sentia sua falta, que não queria que ela ficasse sozinha, que precisava dela...

Ao receber a carta, ela não titubeou um instante sequer em aceitar a proposta de seu querido filho adotivo. Vendeu sua vivenda, arrumou as malas e foi viver com Xiani e Owa.

Com o tempo, a anciã virou a melhor avó do mundo, pois cuidou e educou os doze filhos que Xiani e Owa tiveram.

E todos foram muito, mas muito felizes!

38
Um reino por um sorriso

PERSONAGENS	VALORES/DEFEITOS	LUGARES
Imperador, princesa, cômicos, soldados	Alegria, paz	Palácio, China

O imperador Zung era feliz, exceto por um assunto que o preocupava muito: a permanente tristeza de sua filha Bao.

Bao, uma bela garota de catorze anos, nunca sorria. E, quando lhe perguntavam o que estava acontecendo, ela sempre respondia:

– Nada. - E mudava de assunto.

Um dia, seu pai se cansou e publicou um proclama real:

"A pessoa que conseguir fazer a princesa Bao sorrir receberá uma recompensa de mil moedas de ouro."

A notícia correu como rastilho de pólvora por toda a China, e se apresentaram no palácio os mais famosos bufões, trovadores, mímicos e comediantes, com a esperança de obter a fabulosa recompensa.

Um a um, os candidatos foram chamados ao salão para atuar diante da princesa. Houve vários números verdadeiramente antológicos. Quase todas as pessoas que estavam ali presentes, incluindo o imperador, estiveram a ponto de morrer de tanto rir. Mas a princesa Bao permaneceu tão séria como sempre.

– Que mais posso fazer? - perguntava-se Zung, desesperado.

Até que, uma noite, um soldado colocou fogo, acidentalmente, em uma montanha de papéis coloridos. Aquela chama multicolorida era, na verdade, o sinal de alarme estabelecido para casos de guerra. Enquanto o fogo ardia, imediatamente repetiam o sinal de cidade em cidade, de montanha em montanha, de vale em vale e, em poucas horas, o exército se reuniu em frente ao palácio do imperador. E o que aconteceu foi que milhares de soldados com uma formação perfeita se apresentaram armados até os dentes. Então, diante de tamanho assombro, a princesa Bao soltou uma grande gargalhada. O imperador Zung não cabia em si de tanta satisfação. Tanto que, um mês depois, cometeu a frivolidade de ordenar que acendessem novamente a fogueira multicolorida como se houvesse uma guerra. Outra vez o exército se apresentou pronto para o combate. E a princesa Bao voltou a sorrir.

Porém, poucas semanas depois, estourou uma guerra de verdade e, ao acender o fogo, os generais pensaram que se tratava de outra brincadeira e não reuniram o exército. De modo que os invasores tomaram o palácio do imperador e grande parte do território chinês.

E foi assim que o imperador Zung perdeu seu reino por um sorriso.

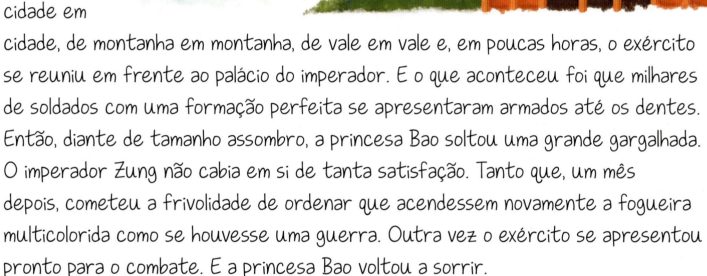

39

Seguindo os rastros

PERSONAGENS	VALORES/DEFEITOS	LUGARES
Irmãs, mendigo	Humildade, esforço, amor, confiança	Tibete, casa, montanha, palácio

Era uma vez, no Tibete, em uma casa modesta, um casal com três filhas. A mais velha era ambiciosa e se chamava Kan. A do meio era vaidosa e se chamava Kin. E a caçula era humilde e se chamava Kun.

Uma noite, um mendigo bateu à porta da casa e pediu abrigo. Na manhã seguinte, antes de ir embora, o mendigo perguntou às garotas com quem elas gostariam de se casar.

– Eu quero me casar com um rei e possuir muitas joias – respondeu Kan.

– Eu, com um príncipe que me presenteie com muitos vestidos – replicou Kin.

– Para mim – disse a jovem Kun –, tanto faz se for rei ou mendigo. O que eu busco é um homem bom.

O mendigo, então, lhe disse:

– Eu conheço esse homem. Chama-se Gong. Se decidir ir à procura dele, deverá seguir o rastro do meu cajado.

Kun não pensou muito. No dia seguinte da partida do mendigo, despediu-se de sua família e seguiu o rastro do cajado.

Mas, horas depois, ela chegou a um precipício em que se perdia a trilha. Então, passou um pastor com seu rebanho e lhe disse:

— Siga as pegadas das minhas ovelhas e encontrará o que procura.

A garota seguiu o conselho do pastor e chegou a uma campina onde muitas vacas estavam pastando. Ali, perdeu o rastro. Então, o vaqueiro lhe disse:

— Siga as pegadas das vacas e encontrará o que procura.

A garota continuou caminhando. Quando perdeu a pista das vacas, passou um agricultor que transportava um carro de arroz. O bom homem sugeriu a Kun:

— Siga as marcas do meu carro e encontrará o que procura.

Ela confiou nele e seguiu andando montanha acima.

Logo, em uma curva da encosta, apareceu um palácio diante de seus olhos. À porta, Gong a esperava. E ele não era outro senão o mendigo do cajado. Só que, agora, estava bem-vestido e barbeado, e não parecia um mendigo...

Na verdade, Gong era o dono do palácio e havia se apaixonado por Kun desde que a vira na granja.

Eles se casaram e foram muito felizes.

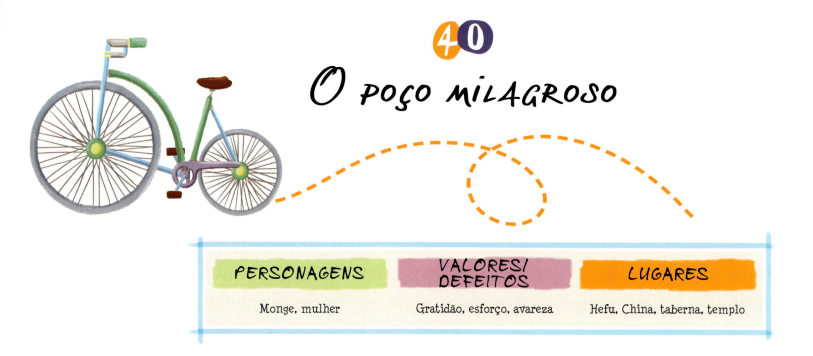

40
O poço milagroso

PERSONAGENS	VALORES/DEFEITOS	LUGARES
Monge, mulher	Gratidão, esforço, avareza	Hefu, China, taberna, templo

Na montanha Hefu está situado um templo que todos conhecem como o templo da Mãe Wang. E muito perto dali havia, em tempos remotos, uma taverna tocada por uma mulher chamada Iro.

A taverneira ganhava a vida fabricando aguardente com batatas e uvas, que cultivava em sua horta, e vendendo licor aos peregrinos.

Em um dia de inverno, passou por lá um monge sedento e quase morto de frio.

– Boa mulher, poderia me dar água e um pouco de aguardente para me aquecer? – suplicou o homem.

Na hora de pagar, o homem propôs a Iro:

– Como não tenho dinheiro para pagar, cavarei um poço para você.

Iro aceitou com satisfação, pois era muito avarenta e, com aquele acordo, sairia ganhando. Um poço em troca de um pouco de água e um trago de aguardente!

O monge cavou e cavou até que terminou o poço. E não era um poço qualquer. Milagrosamente, do poço não brotou água e, sim, aguardente da melhor qualidade.

– Oh, obrigada! – disse Iro ao monge, muito satisfeita e um pouco envergonhada.

E assim se despediram.

A taverneira ganhou muito dinheiro com aquela excelente aguardente e, além do mais, não tinha que trabalhar na horta. Levava uma vida boa.

Alguns anos depois, o monge voltou ao templo da Mãe Wang e deu uma passada na taverna.

- Como vai, boa mulher? - ele a saudou.

- Mais ou menos - respondeu Iro. - Como não cuido mais da horta porque tiro a aguardente do poço, não tenho mais casca de batata e bagaço de uva para alimentar meus porcos.

- Hmm... Não se preocupe, isso tem solução - disse o monge.

Ele se ajoelhou, sussurrou uma breve prece e se despediu, dizendo:

- Nunca mais terá esse problema.

Naquela tarde, quando Iro foi pegar aguardente do poço milagroso, o que saiu dele foi água e apenas água. E nunca mais brotou aguardente.

Desde então, por ser queixosa e mal-agradecida, teve que voltar a cultivar a horta para produzir licor e alimentar os porcos.

É que, como diz um velho provérbio chinês: "Não há nada perfeito!"

Duas moscas e uma vaca 100

O camundongo juiz 102

O leão com sede 104

A hiena e a lebre.. 106

A mosca estabanada 108

O faisão e a galinha... 110

O caminho do paraíso 112

Abebe e o dente mágico 114

Kondo e o pássaro 116

O pobre e os espetinhos de carne.................................. 118

O homem, o menino e o burro 120

O sultão e o queijo.. 122

A sorte é caprichosa.. 124

Castelos de vento... 126

Como Deus criou as diferentes raças........... 128

As cores do colibri... 130

O brilho do Sol e da Lua... 132

A aranha que queria ser sábia 134

Os chifres do avestruz 136

Quem é o mais forte?............................. 138

41
Duas moscas e uma vaca

PERSONAGENS	VALORES/DEFEITOS	LUGARES
Moscas, leoa, vaca	Cortesia, respeito, justiça	Nigéria, selva

Quando duas moscas receberam o convite para o banquete de aniversário da leoa, que era nada menos que a rainha da selva nigeriana, sentiram-se muito lisonjeadas.

– Como a rainha é amável! Ela se lembrou de nós!

E lá se foram, superalinhadas, sentaram-se nos lugares que foram reservados para elas à espera do grandioso almoço.

A garçonete, uma vaca gorda e tranquila, ofereceu-lhes o cardápio, e as moscas pediram gaspacho, pastéis, espaguete, mel, arroz-doce e, para finalizar, torta de cocô com cerejas (cocô mesmo, as moscas adoram cocô!).

Mas o tempo estava passando e a vaca garçonete não lhes trazia nada. O restante dos comensais ia dando fim a distintos pratos e as moscas seguiam com seus pratos vazios e reluzentes.

As moscas protestaram várias vezes à vaca, mas ela, com sua habitual tranquilidade, apenas respondia:

– Paciência, moscas, paciência.

E nesse passo chegaram as apetitosas sobremesas, o café, o charuto, o brinde e o baile a rigor, e nada de nada: as moscas não haviam sido servidas.

A vaca havia implicado com elas.

Na hora da despedida, as moscas foram desejar vida longa à rainha e lhe agradecer o convite, mas também se queixaram do comportamento da vaca que deixou as duas sem comida.

A rainha não gostou nada daquilo, pediu-lhes mil desculpas e sentenciou:

– A senhora vaca vai se arrepender. Eu, a rainha, decreto que, a partir de agora e até o fim do mundo, todas as moscas têm o direito de incomodar as vacas dia e noite.

As moscas não perderam tempo em ir até a vaca e começar a incomodá-la, posando nos seus olhos, orelhas, lombo e tetas.

Por isso, desde então, em qualquer época e lugar, as vacas mexem o rabo desesperadas, tentando espantar as moscas.

42
O camundongo juiz

| PERSONAGENS | VALORES/DEFEITOS | LUGARES |
| Caçador, menino, gazela, leão, camundongo | Cortesia, engodo, justiça | Congo |

Nas extensas terras do Congo, um homem foi caçar com seu arco. Levou consigo seu filho para ensinar-lhe o ofício. Depois de muito esperar, avistaram uma gazela e, com um disparo certeiro, o caçador abateu o animal.

Para comemorar o feito, sentaram em umas pedras com a ideia de assar o animal e comer um bom pernil. Com alguns galhos, conseguiram uma faísca e acenderam uma boa fogueira.

Quando tudo prometia acabar bem, surgido do nada, no meio da penumbra, apareceu diante de seus olhos a silhueta de um leão, que havia sentido o cheiro do manjar...

– Bem-vindo, leão, fique para o jantar - disse o caçador astutamente, tentando salvar sua pele e a de seu filho.

O leão, observando, lambeu os beiços.

– Isso pouco importa para mim, mas aceito seu convite - respondeu diante do alívio do caçador e de seu filho. E sentou-se para esperar sua parte do banquete.

Mas, cinco minutos depois, mudou de opinião.

– Pensei melhor - disse. - Para que todos nós fiquemos saciados, o melhor a fazer é que o menino coma a gazela; você, caçador, coma seu filho; e eu, o leão, coma você...

O caçador não gostou nadinha daquilo e, para ganhar tempo, acrescentou:

— A ideia não é má. De qualquer forma, o melhor é que levemos nosso caso ao juiz, para ver se ele acha esse acordo justo.

De repente, soou na escuridão uma voz rouca que provinha da mata, assustando a todos os presentes, porque projetava uma gigantesca sombra à luz da Lua.

— Eu sou o Grande Juiz da Selva! O acordo de vocês para o jantar é justo, mas falta um detalhe: depois que o leão comer o caçador, que comeu o garoto, que comera a gazela, eu comerei o leão...

Então, o leão, achando que aquele vozeirão provinha de um monstro enorme, fugiu a toda a velocidade. E o mesmo fizeram, mas para a outra direção, o caçador e seu filho.

Nesse momento, quem saiu de seu esconderijo foi... um camundongo, que disse:

— E o que eu faço com tanta comida só para mim?

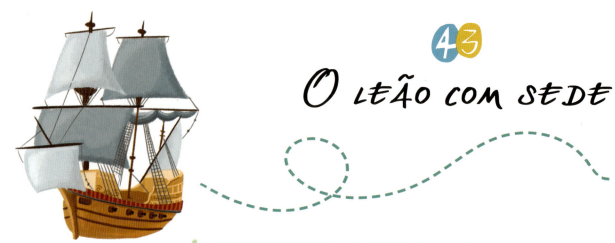

43

O leão com sede

PERSONAGENS	VALORES/DEFEITOS	LUGARES
Leão	Medo, agradecimento, valor	Tanzânia, planície, lagoa

Era uma vez um leão um pouco distraído que vivia na savana africana, na Tanzânia.

Sempre tinha a cabeça cheia de minhocas, quer dizer, sua cabeça voava para qualquer lugar e não sabia nem por onde ia. Às vezes, ele se esquecia de comer e, em certas ocasiões, custava encontrar o caminho de volta à sua toca. Mas houve uma vez em que lhe ocorreu algo que passou dos limites.

E foi em um dia que tinha se afastado mais do que de costume de seu território. Logo notou que tinha muita sede. Teve sorte: encontrou uma lagoa e se aproximou dela para beber.

Quando estava à margem da água, viu, de repente, o rosto de um leão feroz que olhava para ele fixamente, com cara de poucos amigos. Ele morreu de susto e saiu correndo.

– Minha nossa! Essa lagoa é propriedade de um leão terrível, se me descuido, ele me despedaçava com suas garras!

Esperou um pouco atrás de uns arbustos e, depois, como tinha muita sede, decidiu voltar à lagoa. Dessa vez, aproximou-se da água com muito cuidado, mas novamente voltou pra trás instintivamente, porque o leão continuava ali, guardando seu território.

– Que azar! – lamentou-se, voltando a seu esconderijo entre os arbustos.

Ele passou muito tempo pensando em voltar para casa e beber no rio que conhecia tão bem, e que ficava perto do seu lar. Mas, como tinha uma sede insuportável, decidiu arriscar-se e se aproximou da lagoa pela terceira vez. Antes de se aproximar, disse:

– Senhor leão, rogo-lhe que me deixe beber em sua lagoa. Estou quase morto de sede. Se você viajar algum dia desses ao meu território e desejar beber água no meu rio, será bem-vindo. Bem, vou beber...

E, depois de tanto tagarelar, fechou os olhos para não se assustar, e bebeu e bebeu e bebeu como nunca em sua vida. Quando acabou de beber, atreveu-se a abrir os olhos. Viu novamente o rosto do leão, sorriu para ele e o reflexo na água lhe devolveu o sorriso. Então, disse:

– Obrigado, amigo.

E o leão distraído foi embora, supersatisfeito.

105

44
A hiena e a lebre

PERSONAGENS	VALORES/DEFEITOS	LUGARES
Lebre, hiena, filhotes de leão, leoa	Astúcia, sobrevivência, traição	Sudão, planície

A lebre, que não é um animal forte, mas sim muito astuto, disse à hiena:

- Encontrei dois filhotes de leão desprotegidos. Poderíamos fazer um banquete sensacional.

- Vamos! - disse a hiena, impaciente. - Já me deu água na boca.

A lebre levou a hiena até a toca dos leões e, realmente, dois filhotinhos recém-nascidos estavam ali completamente indefesos, pois a mãe tinha ido caçar.

Cada um pegou uma das crias e escaparam dali, pois a leoa mãe poderia voltar a qualquer momento. Quando chegaram a um lugar mais seguro, a lebre seguiu com a segunda parte de seu plano.

- Eu me encarrego agora mesmo deste filhote e o como num piscar de olhos - disse, olhando de esguelha a hiena. - Estou faminta.

Simulou que fincava o dente na cria de leão, mas não o machucou.

- Eu também! - replicou a sanguinária hiena. E mordeu uma das patas do coitado do filhote com seus afiados caninos.

Nesse momento, ouviram um rugido estremecedor.

A hiena e a lebre farejaram o ar e se olharam aterrorizadas.

— A leoa! Aí vem a leoa! — gritaram.

Pegaram os filhotes e saíram correndo em direções opostas. A hiena, fugindo como quem foge do diabo, e a lebre indo... em direção à leoa!

Quando a lebre viu a leoa, disse:

— Tome seu filhote. Consegui arrancá-lo da hiena, mas ela fugiu com o outro.

— Obrigada, lebre! Cuide dele enquanto eu resgato o outro! — respondeu a leoa sem parar de correr seguindo o rastro da hiena.

A hiena, ao se sentir acossada pela leoa, soltou o filhote e tentou ficar a salvo. Mas era tarde demais. A leoa se lançou sobre ela e, com um golpe de sua garra, mandou-a para o beleléu.

Desde então, a astuta lebre vive em uma paz incrível. Protegida pela leoa, ninguém se atreve a caçá-la.

A mosca estabanada

PERSONAGENS	VALORES/DEFEITOS	LUGARES
Mosca, lenhador, cobra, camundongo, galinha, macaco, elefante, pássaro, crocodilo, mulheres, chefe da tribo	Perdão, generosidade	Moçambique, bosque

Era uma vez uma mosca de Moçambique que não era muito esperta. Com frequência causava pequenas confusões, mas nenhuma como a que aprontou certa vez.

Foi o dia em que a mosca estabanada pôs suas patas sobre um tronco de madeira que apoiava um montão de troncos empilhados por um lenhador. Como tinha chovido e os troncos estavam úmidos, a mosca escorregou e caiu sobre uma cobra que cochilava escondida entre os troncos.

A cobra, ao acordar, moveu seu longo corpo instintivamente e fez cair os troncos de madeira, que rolaram pelo chão. Um deles foi para cima de um camundongo, que, ao sair correndo, tropeçou na pata de uma galinha, e a galinha gritou assustando um macaco que dormia em um galho de árvore. O macaco caiu do galho aterrissando na tromba de um elefante, que deu uma trombada e levou consigo o ninho do pássaro de fogo.

O pássaro de fogo se salvou por pouco, mas se aborreceu e queimou várias árvores com suas penas mágicas. Mau negócio, porque o fogo avançou até um crocodilo, que fugiu até o rio, mas, no rio, estavam se banhando as mulheres do povoado, que foram protestar com o chefe da tribo.

Então, o chefe da tribo reuniu todo mundo para esclarecer o ocorrido. As mulheres colocaram a culpa no crocodilo, o crocodilo no pássaro de fogo, o pássaro de fogo no elefante, o elefante no macaco, o macaco na galinha, a galinha no camundongo, o camundongo nos troncos de madeira, os troncos de madeira na cobra, a cobra na mosca e a mosca...

A mosca não pôde colocar a culpa em ninguém, e assim disse:

– Desculpem-me, foi sem querer, sou um pouco estabanada... Vocês nunca erram?

Então, todos acabaram olhando a mosca com certa simpatia e compreensão. Não havia ninguém tão bobo nem tão orgulhoso para não reconhecer que, sim, todos nós erramos. Dessa forma, perdoaram a mosca.

E, desde então, todas as moscas vão por aí contando a todo mundo a confusão que aconteceu naquele dia. Por isso são tão chatas!

46
O faisão e a galinha

PERSONAGENS	VALORES/DEFEITOS	LUGARES
Faisão, galinha, granjeiro	Liberdade, temperança, sobrevivência, gula	Madagascar, granja

Antigamente, os faisões e as galinhas se davam muito bem. Mas isso era quando as galinhas voavam, faz muito, muito tempo...

Porque em Madagascar faz muito, muito tempo que um faisão disse para sua prima galinha:

— Se você tem fome, venha comigo à despensa de Oringo, o granjeiro, que está velho e não perceberá nada. Podemos entrar em seu armazém de comida e nos darmos bem.

A galinha aceitou, encantada! E lá se foram para fazer a festa.

Entraram secretamente por um buraco no alambrado e deram em um galpão cheio de sacos com grãos de milho, arroz e alpiste. Tinha também inhame e todo tipo de manjar para galináceas.

O faisão comia aos poucos, saboreando cada bocado. Já a galinha, engolia em grandes bicadas tudo o que encontrava pela frente e devorava, e devorava, e devorava com vontade, como se nunca tivesse comido em sua vida.

Quando menos esperavam, ouviu-se um ruído: era a fechadura da porta.

- Não pode ser! - exclamou o faisão, surpreendido. - O velho Oringo está surdo feito uma porta! Não poderia ter nos escutado. Além disso, a esta hora sempre tira um cochilo...

- Vamos fugir! - disse a galinha aterrorizada e com indigestão.

Mas já era tarde. Oringo cobria com seu corpo o buraco que servia de saída. Só havia uma maneira de sair dali: por uma pequena abertura no teto.

O faisão percebeu, voou e escapou. Mas a galinha tinha comido demais, parecia uma bola de futebol e se sentia tão pesada que não conseguia voar.

O granjeiro agarrou-a pelo pescoço e disse:

- Você e seus filhos pagarão com juros o que me roubou.

Desde então, a galinha vive presa em um pequeno curral e se esqueceu como faz para voar. Além disso, todos os dias, põe ovos para o café da manhã de Oringo, o granjeiro.

Enquanto isso, o faisão continua nesse mundão, livre como o vento, sem dono e sem ter bandeira.

47
O caminho do paraíso

PERSONAGENS	VALORES/DEFEITOS	LUGARES
Viajante, guardião, cavalo, cachorro	Amizade, solidariedade, lealdade	Egito, caminho, jardim

Um homem que não tinha mais o que fazer saiu da cidade do Cairo com seu cavalo e seu cachorro. Tinha decidido caminhar até o fim do mundo. Percorreu aldeias, matas, desertos, selvas, montanhas, praias e veredas solitárias durante muitas jornadas.

Um dia em que tinha muita sede, descobriu um jardim maravilhoso que parecia saído de um conto de fadas. Nele, via-se uma fonte de água fresca, que, naquele momento, era o maior desejo dos três viajantes.

Mas, na porta do jardim, havia um homem que vigiava a entrada.

– Bom dia – saudou o viajante ao vigia. – Como se chama este maravilhoso jardim?

– Este jardim é a entrada do paraíso – respondeu o guardião.

– Ah! – admirou-se o surpreso viajante. – Podemos entrar e beber um pouco de água? Estamos sedentos...

– Você pode entrar e beber tudo o que quiser – disse o guardião. – Mas aqui não se admitem animais. O cavalo e o cachorro têm que ficar de fora.

O viajante ficou profundamente decepcionado. Estava sedento, era verdade, mas não lhe pareceu justo saciar sua sede enquanto seus companheiros de viagem permaneciam com sede. Assim, foram embora dali sem provar nenhuma gota.

    O homem, o cavalo e o cachorro continuaram caminhando, cada vez com mais sede ainda. Quando já não podiam mais aguentar, encontraram outro jardim, mais bonito que o anterior, com uma fonte no meio. Mas também havia um guardião na porta.

— Podemos beber? - pediu o viajante.

— Claro que sim - disse o porteiro, convidando-os a entrar.

Eles correram até a fonte e beberam até ficarem saciados. Depois, o homem perguntou ao porteiro:

— Como este jardim se chama?

— Este jardim é a entrada do paraíso - respondeu.

— Se este é o paraíso, o que era o outro jardim que vimos antes?

— Era o inferno.

— O inferno? - surpreendeu-se o viajante.

— Sim. Lá ficam os homens egoístas, os que abandonam seus amigos na grande viagem da vida. Vendo a entrada, parece agradável, mas, por dentro, é um lugar terrível.

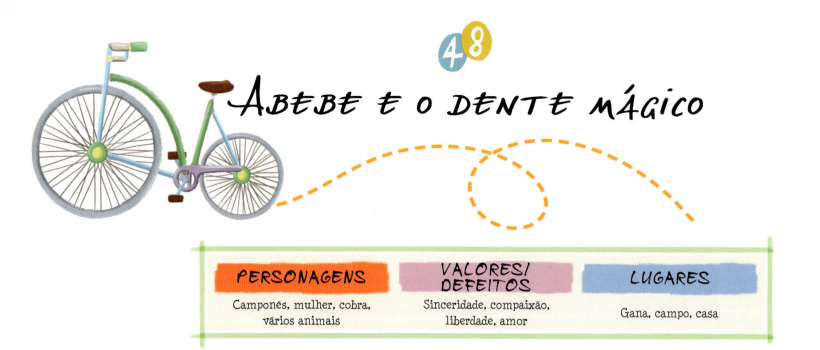

48 Abebe e o dente mágico

PERSONAGENS	VALORES/ DEFEITOS	LUGARES
Camponês, mulher, cobra, vários animais	Sinceridade, compaixão, liberdade, amor	Gana, campo, casa

Um dia, Abebe, um agricultor de Gana, voltava da lida do campo como de costume e viu uma cobra presa em uma armadilha. Como tinha coração mole, sentiu pena do animal e libertou-o de sua prisão.

– Obrigada! – disse a cobra. – Devo um favor a você e quero pagar agora mesmo. Tome...

A cobra colocou na mão de Abebe um dente.

– É mágico – prosseguiu ela. – Com ele você entenderá a língua de todos os animais. Mas não pode contar a ninguém, nem mesmo a Baba, sua esposa. Se contar, o dente perderá seu poder.

– Não contarei a ninguém, não se preocupe – disse, iludido com aquele presente original.

Naquela noite, ao deitar-se, Abebe começou a ouvir várias vozes:

– Vamos ver se tem queijo na despensa – diziam os ratos.

– Se Abebe e Baba soubessem que o vendedor colocou água no leite... – dizia uma vaca.

– Baba e Abebe jamais descobrirão onde eu escondo o anel e os brincos que roubei deles – sussurrava a gralha.

– Amanhã trarei toda a minha família para esta cabeça – disse um piolho.

   Abebe começou a rir a gargalhadas.

   – O que está acontecendo? – perguntou Baba, estranhando o marido.

   – Não posso dizer, é um segredo – desculpou-se Abebe.

   No dia seguinte, a mesma coisa aconteceu. E também no outro e em outros mais. Então, Baba se aborreceu e disse a Abebe:

   – Se não me disser do que tanto você ri, iremos nos separar. Você não pode ter segredos comigo!

   Abebe achou que a esposa tinha razão e lhe revelou o segredo do dente mágico, que, naquele mesmo momento, perdeu seu encanto.

   Anos mais tarde. Abebe voltou a se encontrar com a cobra e lhe contou o ocorrido.

   – Você fez bem, Abebe. O amor é o maior tesouro e vale mais que todos os segredos do mundo. Você revelou um segredo, mas conservou Baba, o amor da sua vida.

49
Kondo e o pássaro

PERSONAGENS	VALORES/DEFEITOS	LUGARES
Caçador, pássaro	Orgulho, trabalho, preguiça	Ruanda

Em um longínquo rincão da África, vivia Kondo, um pobre e honrado homem que passava todo o dia trabalhando para poder sobreviver. Kondo saía todos os dias muito cedo para caçar.

Um dia, Kondo capturou, preso nas redes que estendia pelos galhos das árvores, um pássaro que tinha penas de ouro. Quando Kondo ia pegá-lo, o pássaro falou:

– Se me deixar livre, lhe darei uma pena de ouro e nunca mais passará fome. Basta que sopre a pena mágica e faça um desejo. No mesmo instante, ele virará realidade. Mas nunca se esqueça - acrescentou o pássaro mágico -, se alguma vez você se gabar de sua riqueza, o feitiço se quebrará e você voltará a ser mais pobre que os ratos.

Kondo achou que não tinha nada a perder, apenas muito a ganhar. Assim, aceitou a proposta do pássaro de penas de ouro.

Desde então, Kondo tinha de tudo e vivia rodeado de regalias. Contudo, com o tempo, Kondo se transformou em um grande preguiçoso que não pegava no batente. E, para completar a desgraça, pouco a pouco a riqueza foi subindo à cabeça, como se fosse mérito seu.

Começou a se gabar, esquecendo-se por completo da advertência do pássaro. Desse modo, o feitiço foi quebrado. Ele perdeu tudo, como em um passe de mágica, e voltou a ser pobre. Kondo foi obrigado novamente a levantar-se de madrugada para ir caçar, mas, às vezes, ainda passava fome.

A princípio se lamentou do seu erro, mas, pouco a pouco, se deu conta de que era muito mais feliz trabalhando do que sendo preguiçoso.

Certo dia, teve a sorte de emboscar novamente o pássaro das penas de ouro. Ao vê-lo indefeso, sorriu e pegou-o em suas mãos, dizendo-lhe:

– Desta vez você não me engana! Fique livre sem condições!

E deixou-o partir sem lhe pedir nada.

Kondo havia descoberto que o maior tesouro é o trabalho bem-feito, pois é uma arma mais poderosa que toda a mágica do mundo.

E, desde então, ele vive contente, sem se preocupar com o amanhã.

50
O pobre e os espetinhos de carne

PERSONAGENS	VALORES/DEFEITOS	LUGARES
Pobre, açougueiro, juiz	Compaixão, engenhosidade, justiça, avareza	Líbia, mercado

Era uma vez, em Trípoli, um homem muito pobre que sempre tinha mais fome que o cachorro de um cego.

Nos dias de feira, costumava passear pela praça para pedir um pouco de comida e não morrer de fome, mas eram poucos os que se compadeciam dele. Até que, um dia, pensou em uma estratégia que acalmaria seu apetite sem gastar nem um centavo.

Passou pelo forno de pão e suplicou ao padeiro que lhe desse um pedaço de pão duro. O padeiro lhe deu, porque o pão duro acabava sempre no lixo ou como alimento para os cães.

Então, o homem se dirigiu até o açougue, pegou seu pedaço de pão duro e o manteve balançando no ar, exatamente acima de grelha onde assavam os espetinhos de carne. Uns pedaços deliciosos de carne com os quais, por causa do preço, ele não podia nem sonhar. Pouco a pouco, o pedaço de pão foi amolecendo de novo e, além disso, ganhando o delicioso aroma da carne.

Finalmente, o pobre homem abocanhou o pedaço de pão velho, como se fosse o melhor manjar dos deuses.

Por várias semanas, o pobre repetiu o gesto do pão duro e da fumaça vinda da grelha dos espetinhos de carne.

Na primeira vez, o dono do açougue fez graça do ocorrido com aquele maltrapilho, mas, ao comprovar que ele repetia a operação todas as semanas, começou a ficar incomodado com a atitude e denunciou o pobre ao juiz, acusando-o de se aproveitar de seus espetinhos de carne sem pagar nem um tostão.

O juiz escutou o vendedor, refletiu alguns instantes e perguntou ao pobre:

– Tem uma moeda?

– Tenho uma moeda. Apenas uma. São as economias da minha vida.

– Bem – prosseguiu o juiz –, eu o condeno que ponha sua moeda perto do nariz do dono da churrasqueira de espetinhos de carne e que ele a cheire. Assim como você cheira a carne, ele tem o direito de cheirar a sua moeda...

O pobre sorriu agradecido, e o vendedor que o havia denunciado foi embora dali, envergonhado por seu comportamento mesquinho.

51
O homem, o menino e o burro

PERSONAGENS	VALORES/DEFEITOS	LUGARES
Avô, neto, burro	Respeito, tolerância, liberdade	Tunísia, caminho, aldeia

Uma vez, um avô com seu neto de dez anos e um burro que levavam no cabresto viajavam a Tunísia de costa a costa. Ao atravessar uma aldeia, foram vistos por um grupo de homens desocupados que jogavam uma partida de cartas. Quando passaram ao lado deles, uns disseram aos outros:

– Sem dúvida, sempre há tolos por aí. Vejam esses viajantes: têm um burro estupendo e, contudo, gastam suas energias viajando a pé. Com o calor que faz, algum deles deveria montar no burro.

O avô e o menino ouviram o comentário e decidiram seguir o conselho dos homens. O avô subiu no burro e assim prosseguiram o caminho.

Mas, ao atravessar a aldeia seguinte, algumas mulheres que faziam compras na feira os viram passar e disseram umas às outras:

– Que avô mais desalmado! Ele, tão sem-vergonha, montado no burro; e o pobre menino dando duro como se fosse um escravo...

Ao ouvir aquilo, o avô se sentiu culpado. Então, desceu do burro e galgou seu neto para que se acomodasse na montaria. Dessa forma, seguiram sua viagem.

Mas, quando passaram pelo povoado seguinte, um grupo de velhos que estavam sentados em um banco os viram passar e comentaram:

— Que barbaridade! Que injustiça! O pobre idoso, tão mais velho, andando, enquanto o menino, que é jovem e forte, vai no burro.

Ao ouvir, avô e neto se olharam desconcertados e decidiram viajar ambos no lombo do burro. E, assim, prosseguiram sua viagem.

Mas, no povoado seguinte, ao vê-los passar, alguém disse:

— Que pessoas insensíveis! Coitado do burro! Veja que os dois montaram em cima do pobre animal! Vão deixá-lo descadeirado.

Então, o avô e o neto decidiram levar o burro nas costas, para que não sofresse. Mas não tinham dado nem dois passos quando alguém disse:

— Olhem esses dois loucos! Os animais são para servir aos homens e não o contrário...

Desde aquele momento, os dois viajantes decidiram fazer o que lhes desse na cabeça, sem pensar no que os outros diriam, pois não é possível agradar a gregos e troianos.

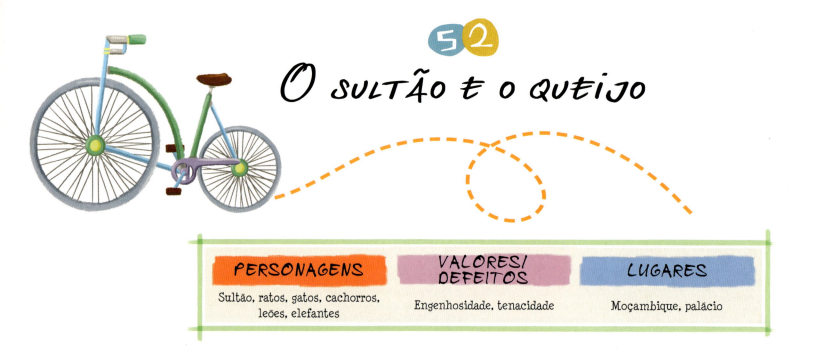

52
O sultão e o queijo

PERSONAGENS	VALORES/DEFEITOS	LUGARES
Sultão, ratos, gatos, cachorros, leões, elefantes	Engenhosidade, tenacidade	Moçambique, palácio

Há muitos e muitos anos um sultão vivia em um enorme palácio com sua família em um remoto rincão de Moçambique.

O sultão adorava comer queijo e tinha várias despensas repletas dos mais variados e deliciosos queijos de cabra, ovelha e vaca.

Mas, então, o cheiro dos queijos atraiu milhares de ratos, que invadiram todo o palácio. O sultão, para acabar com aquela praga, ordenou que trouxessem centenas de gatos para que caçassem os ratos. E os ratos, enfim, desapareceram.

Mas, então, os gatos miavam dia e noite, e não deixavam ninguém dormir. O sultão, esgotado por causa da falta de sono, ordenou que trouxessem um montão de cães para que caçassem os gatos chatos. E os gatos, enfim, desapareceram.

Mas, então, os cachorros sassaricavam para lá e para cá, por todo o palácio enchendo-o de cocô e carrapatos. O sultão ordenou que trouxessem vários leões para que caçassem os cães. E os cães, enfim, desapareceram.

Mas, então, o sultão e toda a sua família não se atreviam a sair de seus quartos com medo de que aqueles leões os atacassem. O sultão ordenou que trouxessem elefantes para que afugentassem os temíveis leões. E os leões, enfim, desapareceram.

Mas, então, como os elefantes eram enormes, acabou que a família real só podia se mexer andando de lado pelo palácio. O sultão ordenou que levassem todos os elefantes. Queria voltar à vida normal. E os elefantes, enfim, desapareceram.

E, por um tempo, eles realmente voltaram a viver tranquilos, sem gatos nem cães nem leões nem elefantes... Contudo, o delicioso cheiro de queijo atraiu novamente uma infinidade de ratos.

E o sultão pensou: "Tenho que ordenar que tragam gatos para acabar com a praga dos ratos...". Mas, imediatamente, ao recordar-se dos gatos, vieram-lhe também à cabeça os cães, os leões e os elefantes.

E ele sentenciou:
– Pior seria não comer mais queijo...

53
A sorte é caprichosa

PERSONAGENS	VALORES/DEFEITOS	LUGARES
Camponês, filho, vizinho, cavalos, soldados	Sabedoria, paz, fortuna	Argélia, campo

Era uma vez, em um lugar da Argélia, um camponês chamado Sirham, que era muito, muito religioso.

Sirham tinha um filho. Os dois juntos trabalhavam no campo.

E havia também um cavalo que era muito útil para lidar com a terra, carregar os frutos colhidos e transportá-los para vendê-los na feira.

Mas, um dia, por distração, o camponês se esqueceu de fechar a porta do estábulo e o cavalo escapou.

– Que azar! – disse seu vizinho quando soube do acontecido. – Como vai fazer agora sem cavalo?

– Azar? Isso só Deus sabe – respondeu o camponês.

E ele tinha razão. Porque, várias semanas depois, o cavalo voltou ao estábulo e trouxe consigo outros nove cavalos selvagens, que haviam se tornado seus amigos. O camponês, então, podia multiplicar seus ganhos.

– Que sorte! – disse o vizinho. – Tinha um cavalo e, agora, tem dez.

– Sorte? Isso só Deus sabe – respondeu o agraciado camponês.

E aconteceu que, um dia, seu filho, ao tentar domar um dos novos cavalos selvagens, foi lançado pelos ares e, ao cair no chão, quebrou uma perna.

- Que azar! - disse o camponês vizinho quando soube do acidente. - Sem seu filho, não conseguirá colher toda a safra a tempo e perderá muito dinheiro.

- Azar? Isso só Deus sabe - respondeu o camponês.

E ele tinha razão. Porque, pouco tempo depois, eclodiu uma guerra. E, como precisavam de jovens para ir lutar, os soldados do rei passaram naquela região com a ordem de recrutar todos os jovens saudáveis.

Mas, graças à perna quebrada, o filho do camponês livrou-se de ir para a guerra, livrou-se de ter que matar outros jovens inocentes e livrou-se de que o matassem.

- Que sorte! - disse o vizinho, de novo. - Graças ao ferimento do seu filho, ele não foi para a guerra.

- Sorte? Isso só Deus sabe...

54
Castelos de vento

PERSONAGENS	VALORES/DEFEITOS	LUGARES
Rapaz, ovos	Tenacidade, imaginação, otimismo	Egito, rio, mercado

Faruk era um jovem cheio de ilusões que passava o dia sonhando acordado.

Um dia, ele foi ao mercado e comprou uma dúzia de ovos.

Sentado nas margens do rio Nilo, falava em voz alta com ele mesmo, imaginando o maravilhoso futuro que o aguardava:

– Com doze ovos obterei doze pintinhos que crescerão e crescerão... Quando forem adultos, irão botar centenas de ovos, que crescerão e crescerão... e irão botar milhares de ovos. Então, venderei os ovos e, com o dinheiro que me derem, comprarei vacas e cabras.

Faruk esfregava as mãos imaginando como aquele negócio iria bem.

– Com as vacas e as cabras, fabricarei leite e queijo. E, com o lucro, comprarei um terreno fértil e cultivarei a terra. Mulheres de toda a região virão comprar meus produtos, e eu me casarei com a mais bonita de todas...

Faruk se sentia muito orgulhoso de si mesmo, como se todos os seus planos já tivessem se tornado realidade.

– E, com os grãos da colheita, comprarei camelos. Alugarei os camelos aos viajantes. E, com o ganho, comprarei um barco que navegue o Nilo e transporte mercadorias por todo o Egito. Ficarei rico!

Faruk estava cada vez mais entusiasmado.

- Terei muitos filhos, que terão muitos filhos. E me aposentarei para aproveitar minha velhice em uma das minhas inúmeras mansões, rodeado de serviçais que me abanarão... Será incrível! - exclamou.

Sem conseguir conter sua emoção, deu um soco no banco onde estava sentado. Então, soou um *plaft*!

Faruk olhou consternado para a direita, sua mão estava toda lambuzada de ovo. Tinha quebrado, em um soco só, uma dúzia de ovos! Todo aquele sonhado futuro maravilhoso tinha sido perdido num piscar de olhos!

Mas, como Faruk não se rendia tão facilmente, disse a si mesmo:

- Não faz mal que não venha fácil. Acabo de aprender que, para construir o futuro, é preciso estar muito atento ao presente.

Levantou-se e voltou ao mercado para buscar outra dúzia de ovos.

Como Deus criou as diferentes raças

PERSONAGENS	VALORES/DEFEITOS	LUGARES
Deus, homens, mulheres	Trabalho, ternura, sabedoria, diversidade	Núbia

Na região da Núbia, que fica ao sul do Egito e ao norte do Sudão, os contadores de histórias explicam desta maneira, desde tempos remotos, como Deus criou as distintas raças de homens e mulheres:

Quando Deus, depois de criar o céu, a terra, o mar e o vento, viu que tudo estava indo muito bem, quis criar também o homem para que aproveitasse da criação.

Então, Deus pegou um pouco de argila e moldou o homem.

Vendo que não estava de todo mal, colocou-o no forno e foi descansar.

Mas dormiu por muito tempo e o homem ficou negro como o betume.

– Magnífico! Fiquei encantado! – disse Deus, e enviou o homem negro ao coração da África.

Logo Deus moldou outro homem e colocou-o no forno, mas não estava com sono e esperou bem pouco tempo antes de tirá-lo de lá. Dessa vez, o homem ficou bem pálido.

– Também não está ruim! – exclamou Deus, e enviou o homem branco para as terras do norte.

Depois, Deus fez outro homem, e deixou-o no forno nem muito nem pouco tempo, e, então, ele ficou bronzeado.

— Também gostei muito! - disse Deus, e enviou-o à região do rio Nilo.

Mas Deus não se contentou com essas três cores. Foi tentando outras variedades no forno, e, assim, conseguiu fazer outros tons igualmente bonitos e respeitáveis.

O que saiu um pouco amarelado foi enviado para povoar a China.

O que ficou levemente vermelho, foi enviado para os desertos americanos.

Depois, fez as mulheres e, como Deus já tinha muita experiência com a argila, elas saíram mais bonitas que os homens.

Mas todos, mulheres e homens, sejam negros, brancos, pardos, amarelos ou vermelhos, todos são fantásticos!

As cores do colibri

PERSONAGENS	VALORES/DEFEITOS	LUGARES
Colibri, Deus, outros animais	Engenhosidade, diversidade, paciência	Nigéria, rio

Contam as velhas línguas que ainda se escutam às margens do rio Nilo que, depois de criar o mundo, Deus criou os animais, mas todos saíram de cor branca. Então, Deus disse:

— Isto não pode ficar assim. Agora mesmo vou arrumar.

Pegou as tintas e um pincel e ordenou a todas as criaturas que ficassem em fila indiana para que pudesse pintá-las, uma a uma, pensando muito bem as cores que mais favoreciam cada animal.

Pintou o elefante de cinza. O leão de marrom. A joaninha de vermelho com bolinhas pretas...

Mas, então, um passarinho que estava entre os últimos da fila e era muito impaciente interrompeu-o:

— Eu! Eu! - exclamava o passarinho, que era um colibri. - Pinte as minhas penas!

— Paciência... tenha paciência e volte para a fila - Deus disse. - Já, já chegará a sua vez.

E continuou pintando. A zebra de listras brancas e pretas. O leopardo de amarelo com pintas...

— Eu! Eu! - insistiu outra vez o colibri.

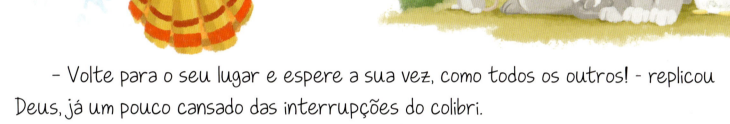

- Volte para o seu lugar e espere a sua vez, como todos os outros! - replicou Deus, já um pouco cansado das interrupções do colibri.

   E Deus continuou colorindo os animais. À girafa, deu preciosas manchas cor de chocolate; ao galo, uma crista vermelha; o lagarto, pintou de verde-esmeralda...

- Eu! Eu! - repetia o colibri, que era um bocado chato.
- Está bem, venha aqui, que já estou farto - disse Deus.

O colibri pousou sorridente na mão de Deus, que, sem pensar duas vezes, passou o pincel por todas as cores da paleta e besuntou o colibri com uma só pincelada.

- Pronto! - disse. - Está contente?
- Sim! - respondeu o impaciente passarinho, e foi embora, voar por este mundão.

E é por isso que o colibri é o único animal que tem em suas penas manchas de todas as cores que existem.

O brilho do Sol e da Lua

PERSONAGENS	VALORES/DEFEITOS	LUGARES
Sol, Lua, mães	Respeito, curiosidade, diversidade	Senegal, mar

Conta-se, nas terras do Senegal, que, no começo dos tempos, quando nunca era nem de dia nem de noite, senão exatamente o contrário, a mãe do Sol e a mãe da Lua eram grandes amigas.

Frequentemente desciam para se banhar no mar, acompanhadas de seus filhos, que, naquela época, eram muito pequenos. Sol e Lua ficavam muito bem brincando descalços na areia e desafiando as ondas enquanto suas mamães batiam papo muito animadas.

Um dia, antes de voltarem para casa, enquanto as mães trocavam de roupa, Lua, que era muito curiosa, pôs-se a observá-las.

Já Sol se mostrou mais discreto e preferiu olhar para o outro lado, respeitando a intimidade das duas mulheres.

Naturalmente, a diferente atitude dos filhos não passou desapercebida das mães (que sempre percebem tudo).

Ao chegar em casa, a mãe do Sol disse ao filho:

– Sol, estou orgulhosa de você. Como prêmio por não ter olhado o que não devia, concederei um dom a você: quando crescer, ninguém poderá olhá-lo diretamente sem nenhuma consequência. Quem tentar, ficará cego e terá os olhos feridos por sua luz.

Ao mesmo tempo, na casa da Lua, sua mãe a repreendia severamente:

— Filha, estou envergonhada pelo que você fez. É uma menina curiosa e desavergonhada. Não pode ser assim! Como castigo por seu mau comportamento, quando crescer, todos os homens e animais da Terra poderão olhar para você sem sofrer nenhum dano, pois seu reflexo será tênue e não os deslumbrará.

E, realmente, quando Sol e Lua cresceram, os desejos de suas respectivas mães se cumpriram.

Por isso, desde então, ninguém pode olhar diretamente para o Sol.

Por isso, desde então, todos podem olhar diretamente para a Lua.

E tanto o Sol quanto a Lua ficaram contentes com seu destino. Porque o Sol é tímido e não gosta que o observem; enquanto a Lua é descarada e adora ser observada e que se apaixonem por ela.

A aranha que queria ser sábia

PERSONAGENS	VALORES/ DEFEITOS	LUGARES
Aranha, caracol	Sabedoria, humildade	Burúndi, selva

Era uma vez uma aranha de Burúndi que queria ser a mais sábia da selva. Queria saber tudo de tudo.

– Mas onde guardarei tanta sabedoria? – perguntava-se.

De repente, teve uma ideia. Pegou um pote de argila com tampa e, a partir daquele momento, cada vez que perguntava alguma coisa, destampava o pote e guardava dentro dele a resposta.

– Por que chove? Onde o Sol mora? Por que os vaga-lumes brilham? Como as zebras têm uma estampa tão original?

Perguntava tudo e, com muito cuidado, guardava todas as respostas em seu pote; fechando bem a tampa para que não escapassem.

Mas tanto perguntou que chegou um momento que não lhe ocorria mais nenhuma pergunta.

– Ah! – suspirou satisfeita. – Já possuo toda a sabedoria da selva e do mundo inteiro. Ninguém guardou tantas respostas quanto eu.

Então, pensou que devia esconder bem o seu pote com todas as respostas do mundo, para que ninguém roubasse aquele tesouro. E passou-lhe pela cabeça que o melhor lugar seria a copa da árvore mais alta da selva.

Mas, quando se encaminhava ao esconderijo escolhido, se deu conta de que tinha um problema: o pote era muito pesado e provavelmente cairia.

- O que posso fazer? - perguntou-se, contrariada.

Nisso, ouviu um caracol que passava por ali. O caracol tinha certa fama de tonto, porque viajava com a casa nas costas. Ele lhe disse:

- Aranha, se amarrar o pote à suas costas com um barbante, poderá subir sem que ele caia.

Então, a pequena aranha suspirou e lamentou:

- E eu que achava que era a mais esperta do mundo! Até um caracol sabe mais do que eu!

E como, no fundo, já estava farta de carregar toda a sabedoria do mundo, que pesava demais para ela, abriu o pote e espalhou seu conteúdo aos quatro ventos.

Por isso, agora, a sabedoria está dividida por todos os cantos do mundo.

Os chifres do avestruz

PERSONAGENS	VALORES/DEFEITOS	LUGARES
Avestruz, antílope	Orgulho, esforço	Botsuana, rio

No começo do mundo, os avestruzes viviam na região sul da África, nas terras da Botsuana, e eram diferentes do que são como os conhecemos hoje em dia, pois, em suas cabeças, luziam uns belos chifres, longos e curvados. Os antílopes também eram diferentes, pois, naquela época, não tinham chifres.

Contam que, um dia, quando o avestruz estava bebendo água no rio, um antílope se aproximou e lhe fez uma proposta:

— Desafio você a correr ao longo da margem até a nascente do rio. Quem ganhar, terá a honra de ser considerado por todos o animal mais rápido da selva.

— Eu, sem dúvida, sou mais rápido - respondeu o avestruz -, mas não competirei com você, porque meus longos e afilados chifres são muito pesados, e você, como não leva esta carga, sairia sempre com alguma vantagem.

O antílope, que sempre fora fascinado pelos chifres do avestruz, respondeu, sem duvidar dele nem por um momento:

— Pois, então, me dê seus chifres. Eu os colocarei com muito prazer sobre a minha cabeça, liberando você dessa carga. Assim, você terá vantagem sobre mim. Combinado?

O avestruz gostou da ideia.

- Combinado - respondeu.

Então, tirou os chifres e os deu ao antílope, que os encasquetou em sua cabeça, muito satisfeito.

Os animais estavam prontos para a corrida.

- Um, dois, três e... já! - gritaram ao mesmo tempo.

Os cascos do antílope deslizavam rapidamente sobre as pedras da margem do rio, enquanto que as fortes e pesadas patas do avestruz tropeçavam entre os cascalhos atrasando seu passo. O antílope ganhou.

Quando a corrida terminou, o avestruz disse:

- Você correu com uma vantagem, pois sabia que esse percurso não era adequado para mim. Vamos competir em outro lugar, mais liso.

Mas o antílope nem sequer escutou a reclamação do avestruz, porque continuou correndo sem parar, muito orgulhoso de sua galhada.

E essa é a razão por que o antílope agora tem chifres e o avestruz, não.

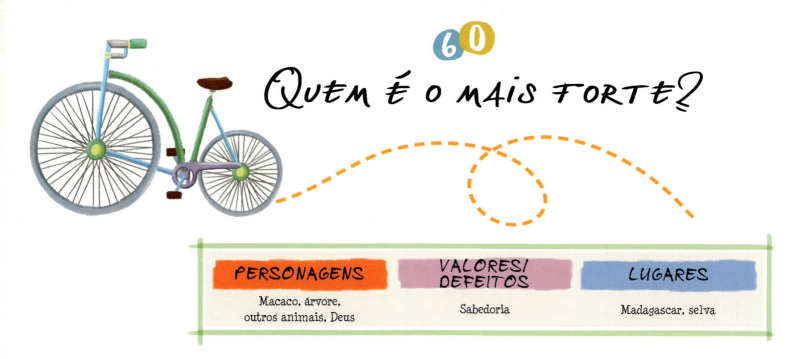

60
Quem é o mais forte?

PERSONAGENS	VALORES/DEFEITOS	LUGARES
Macaco, árvore, outros animais, Deus	Sabedoria	Madagascar, selva

Um macaco de Madagascar subiu em uma árvore, mas, como havia um galho podre, caiu e machucou uma perna. Então, disse para si mesmo:

— Não há nada mais forte que uma árvore.

A árvore, que era muito sabida, escutou e disse ao macaco:

— Não esteja tão certo disso. Quer saber quem é o mais forte?

— Sim, quem é mais forte que a árvore? - interessou-se o macaco.

Então, a árvore respirou fundo e soltou a seguinte lenga-lenga:

— A árvore é mais forte que o macaco, mas a árvore não pode com o vento; e o vento não pode com o muro (que não o deixa passar); e o muro, com um simples rato (que pouco a pouco rói seu cimento); e o rato não pode com o gato; e o gato, com o cachorro; e o cachorro não pode com uma corda (que o aprisiona e o enforca); e a corda não pode fazer nada diante da tesoura (que a divide em duas); e a tesoura é mais fraca que o fogo (que a derrete sem qualquer consideração); mas o fogo sucumbe diante da água (que o apaga); e, no entanto, a água é obrigada a levar nas costas o barco; mas o barco se quebra ao se chocar contra a rocha; e a rocha nada pode fazer diante do mexilhão, que sobe em cima dela; mas o mexilhão é capturado pelo

138

homem; e o homem é dominado pela mulher, ainda que a mulher sucumba diante da vespa; e a vespa é capturada pela rã; e com a rã, quem pode é você, macaco, que é vencido pela árvore...

O macaco ficou alucinado com aquela ladainha tão sabida quanto confusa. Quando se recuperou da surpresa, perguntou à sábia árvore:

— Então, não há ninguém que seja mais forte que todos os outros seres da natureza?

— Ah, sim! Há alguém que pode com todos eles.

— Quem? Quem? - perguntou o macaco, cheio de curiosidade.

— A morte. Ela pode com todos.

— E ninguém pode com a morte? - perguntou o macaco.

— Sim. Há alguém mais poderoso que a morte.

— Quem? Quem? Quem? - perguntou o macaco, ansioso.

— Zanahary. Assim chamamos Deus em Madagascar. Deus é o mais forte. Mas, sobretudo, Deus é o mais bondoso de todos.

Sedna, a deusa do mar (Polo Norte).......... 142

O falso adivinho (Rússia) 144

Petrushka (Rússia)............................. 146

O saco mágico (Rússia) 148

Os últimos *bogatyrs* (Rússia) 150

A bruxa maneta (Rússia)...................... 152

O pobre e o rei rico (Índia)................... 154

O barqueiro e o jovem sábio (Índia) 156

Os grandes amigos (Índia).................... 158

O encantador de serpentes (Índia) 160

O adormecido (Índia).......................... 162

A flor de Lilolá (Espanha)..................... 164

As bruxas da ponte (Espanha) 166

Dois bons amigos (Arábia).................... 168

O pequeno sábio (Arábia) 170

As três barreiras (Arábia) 172

Quando o Sol tinha pressa (Oceania)........ 174

Guerra ou casamento (Oceania).............. 176

Assassinos honestos (Japão) 178

A flor de Minanoko (Japão)................... 180

61
Sedna, a deusa do mar

PERSONAGENS	VALORES/DEFEITOS	LUGARES
Pai esquimó, filha, marinheiro, pássaro bruxo	Família, lealdade, valentia, sacrifício	Polo Norte

Era uma vez, em uma ilha perto do Polo Norte, um esquimó viúvo que vivia com sua filha, Sedna, uma bela jovem que não queria se casar com nenhum de seus numerosos pretendentes, para a decepção do pai.

Até que, um dia, chegou à ilha um barco tripulado por um jovem charmoso marinheiro. A garota, ao vê-lo, apaixonou-se por ele. À noite, enquanto o pai dormia, a garota fugiu com o rapaz e foram para muito, muito longe.

Mas o jovem, na verdade, era um pássaro bruxo cruel que tinha tomado a forma humana para seduzi-la. Não é preciso nem dizer que Sedna se arrependeu muito de ter fugido com ele. Ansiava escapar, desejava voltar para junto de seu pai e maldizia sua existência sem esperança.

A garota sofria tanto que, uma noite, o vento achou por bem levar o eco de seu pranto aos ouvidos de seu pai, que, como seria o esperado, decidiu resgatar sua pequena ainda que perdesse a vida no intento.

O pai cruzou os mares até chegar às montanhas nevadas. E lá, aproveitando-se do sono pesado do pássaro bruxo, conseguiu resgatar sua filha. Então, eles fugiram rapidamente em seu bote.

Quando o pássaro sedutor despertou e se viu enganado, usou seus poderes mágicos e desencadeou uma tão formidável tormenta marinha que o bote dos esquimós ficou a ponto de naufragar.

Então, o pai, sabendo que sua filha nadava muito bem, jogou-a na água. Contudo, Sedna, ao voltar à superfície, tentou se segurar na borda do bote para permanecer com o pai. Mas o homem cortou os dedos dela com um machado, e quiseram os deuses que se convertessem em filhotes de focas.

Quando a garota tentou se juntar ao pai pela segunda vez, o bom homem, antes de morrer vítima das garras do pássaro bruxo, cortou os braços da filha, que se converteram em filhotes de baleia.

Quando Sedna finalmente caiu no mar, os deuses dos esquimós se compadeceram dela e a transformaram em uma bela deusa marinha que ainda hoje os esquimós veneram, porque ela lhes garante pesca suficiente para que eles alimentem suas famílias.

62
O FALSO ADIVINHO

PERSONAGENS	VALORES/DEFEITOS	LUGARES
Camponês, adivinho, czar, vizinha, cozinheiro	Engenhosidade, fortuna, preguiça	Rússia, campo, palácio

Havia um camponês russo a que todos chamavam de Lincevicht. O homem estava farto de trabalhar na terra e desejava levar uma vida mais confortável.

– Vou me passar por adivinho e assim viverei – disse. E, como era muito esperto, traçou um plano para alcançar seu objetivo.

Primeiro, roubou um lençol estendido no varal de uma vizinha. Quando ela lhe contou o ocorrido, ele fez como se estivesse se concentrando, fechou os olhos e disse:

– Não se preocupe, vizinha, seu lençol está estendido na azinheira gigante da campina.

A vizinha comprovou que ele estava certo e contou a todas as suas amigas a façanha de Lincevicht, seu vizinho adivinho.

Logo o camponês roubou um cavalo de um fazendeiro dos arredores. E, quando correu, à boca pequena, o sucesso do adivinho pela região, Lincevicht foi à casa do dono, fez como se estivesse se concentrando, fechou os olhos e disse:

– Seu cavalo está amarrado a uma alfarrobeira, perto do rio.

Quando o homem comprovou que ele estava certo, ficou muito contente e premiou Lincevicht com cem moedas.

E sua fama de adivinho cresceu tanto que o czar quis chamá-lo ao palácio porque tinham roubado seu anel.

- Grande adivinho - disse o czar -, se descobrir o ladrão, lhe encherei de ouro. Mas, se não descobrir, mandarei que cortem a sua cabeça.

Levaram o adivinho para uma sala para que refletisse à noite e desse a solução no dia seguinte.

- O que eu faço agora? - lamentou-se Lincevicht consigo mesmo. - Como descobrirei onde está o anel?

Mas, às vezes, a sorte também acompanha os desavergonhados... Aconteceu que o ladrão, que não era outro senão o cozinheiro do palácio, temeroso de que o famoso adivinho o desmascarasse, foi vê-lo e lhe disse:

- Dou-lhe o anel se não me denunciar para o czar.

- Trato feito - aceitou Lincevicht, que viu uma luz no fim do túnel.

No dia seguinte, entregou o anel ao czar, que ficou muito contente e presenteou Lincevicht com um cofre cheio de ouro. E, assim, ele pôde viver o restante de seus dias sem dar mais nenhum golpe.

63
Petrushka

PERSONAGENS	VALORES/ DEFEITOS	LUGARES
Bonecos, titereiro, meninos, anjo	Amor, esperança, dignidade	São Petersburgo, aldeias, teatro

Boris era um menino que tinha um simpático boneco de palha e serragem chamado Petrushka. Mas Boris cresceu e foi estudar em São Petersburgo.

Como Petrushka ficou muito sozinho, partiu à procura de alguém que o quisesse.

Viajou e viajou e encontrou Katia, uma menina adorável. Mas passou o tempo e Katia cresceu... Depois, encontrou Mica. Mas passou o tempo e Mica cresceu... O coitado do Petrushka se apegava às crianças, mas as crianças cresciam.

Assim, Petrushka chegou às mãos de um velho titereiro (títere é um boneco que se move por meio de cordéis; titereiro é a passoa que faz mover as cordas). De aldeia em aldeia, o titereiro apresentava seu teatro de marionetes com seus bonecos, entre eles, Petrushka.

Petrushka não gostava do seu papel. Ele entrava em cena tomando uma pancada que fazia o público rir. Depois, tinha que ficar olhando o soldado presunçoso e a bela bailarina dançarem juntos. Ele nunca podia dançar com ela, não era o herói, sempre perdia! Ainda que o público gostasse dele mais do que de qualquer outro ali.

Mas, um dia, ele se rebelou. Estava farto de ser um perdedor. Por uma vez, ele ficaria com a sua querida bailarina. Petrushka interrompeu a sessão bem no meio, de surpresa, e se dirigiu ao soldado:

146

— Você acha que vai sempre ser o bonitão que fica com a garota?

Diante do assombro do soldado, Petrushka tomou a bailarina pela mão. Então, o soldado se enfureceu e foi atrás dele com o sabre nas mãos.

— Petrushka, foge que ele quer matar você! — gritou um menino.

Petrushka corria com o soldado em seu encalço. Até que ele o alcançou e lhe deu um talho no pescoço com o sabre.

O pobre boneco começou a perder a palha. Sentiu que estava morrendo. Um filme passou diante de seus olhos com todas as crianças de quem havia gostado: Boris, Katia, Mica...

Em seguida, uns braços invisíveis agarraram-no e o puxaram para cima. Era seu anjo da guarda! Quando se deu conta, Petrushka estava sentado no lugar mais alto do teatrinho. E tinha braços e pernas! Ele tinha virado um menino de verdade!

— Estou aqui, estou aqui! - gritou chorando de alegria.

Todas as crianças olharam para cima e exclamaram cheias de alegria:

— Viva o Petrushka!

64
O saco mágico

PERSONAGENS	VALORES/DEFEITOS	LUGARES
Caçador, mulher, grou, anão	Violência, justiça, compaixão	Rússia, bosque, casa

Era uma vez um caçador muito baixinho e magrelo chamado Pavel que era casado com Tatiana, uma mulher muito forte e bastante bruta.

E isso acabava sendo muito desagradável para Pavel. Porque Tatiana tinha um gênio de mil demônios e, quando se aborrecia (e se aborrecia sempre que Pavel não conseguia caça), pegava a vassoura e mandava o marido dormir fora de casa, ao relento, como castigo.

Até que, em um dia memorável, Pavel caçou um grou. Ele ficou muito feliz, pois isso significava que, à noite, dormiria em sua casinha.

– Tenha piedade de mim – disse o grou –, prometo que você não se arrependerá. Por favor, deixe-me livre!

E, como era uma manteiga derretida, ele teve pena do grou e libertou o animal da armadilha.

– Sua boa ação merece uma recompensa – disse o grou. – Tome este saco. Quando tiver fome, abra o saco. E, quando sua mulher lhe ameaçar, abra-o também. Adeus!

O perplexo caçador levou o estranho presente para casa.

— O que caçou hoje? - perguntou sua esposa à porta, já com ares de poucos amigos.

Pavel abriu o saco e ficou surpreso: havia um coelho.

— Bem, hoje vejo que você deu duro! - disse Tatiana, abrindo um sorriso. - Hoje jantaremos um prato quente.

E assim foi acontecendo. Passaram-se vários dias tranquilos graças ao saco, no qual sempre havia um coelho pronto para a panela.

Mas Tatiana, além de bruta, era caprichosa. E, quando cansou de comer coelho, voltou a ameaçar o pobre homem como antigamente. Mas, dessa vez, o marido abriu o saco e saiu dele um anão saltitante.

Pulando, ele olhou para a mulher e disse:

— Como nunca está satisfeita, a partir de hoje não jantarão mais coelho. Você terá de ir à floresta caçar todos os dias com seu marido.

Ao terminar de dizer essas palavras, o anão se foi, assim como a magia do saco.

Desde então, Tatiana nunca mais reclamou com o marido. Tornou-se, sim, uma doce companheira.

E foram quase, quase, quase felizes.

65
Os últimos bogatyrs

PERSONAGENS	VALORES/ DEFEITOS	LUGARES
Cavaleiros *bogatyrs*, tártaros, guerreiros mágicos	Valentia, tenacidade	Rússia, estepes

Há muitos e muitos anos, os sete últimos cavaleiros *bogatyrs* cavalgavam pelas estepes desertas da Rússia quando, de repente, viram ao longe um exército de tártaros.

Os sete *bogatyrs* lutaram com valentia em defesa de sua querida pátria, a Rússia, e venceram os tártaros. Então, eufóricos com a proeza, gritaram:

— Vencemos um exército de tártaros inteirinho! Ninguém pode nos vencer!

Mas, não muito depois, dois guerreiros apareceram em seu caminho, com armaduras reluzentes, e provocaram o grupo dizendo:

— Viemos provar nossa força. Somos dois e vocês, sete. Mas não importa. Vamos vencê-los com certeza.

Os *bogatyrs* não sabiam quem eram aqueles valentes adversários, mas sua altivez os deixou cheios de indignação. E começou a batalha.

Ao matarem os dois guerreiros de armaduras reluzentes... eles se converteram em quatro!

A luta continuou e os *bogatyrs* mataram os quatro guerreiros. Mas, no momento seguinte, apareceram oito guerreiros dispostos a lutar. E, de novo, os *bogatyrs* mataram os oito.

Mas, outra vez mais, os adversários se duplicaram diante do assombro dos vencedores. Os sete *bogatyrs* continuaram guerreando com valentia, mas quanto mais lutavam, mais cresciam as forças adversárias.

Durante três dias, combateram sem descanso. Ao fim, os poderosos *bogatyrs*, extenuados, pois estavam há muitas horas sem comer nem dormir, decidiram fugir montanha acima para salvar suas vidas.

E nunca mais voltaram a guerrear.

Dizem que, quando chegou a hora deles, os sete *bogatyrs* se transformaram em esculturas de pedra. E lá estão, no cume de uma montanha, contemplando para sempre sua amada Rússia.

66
A bruxa maneta

PERSONAGENS	VALORES/DEFEITOS	LUGARES
Soldado, camponeses, bruxa	Valentia, justiça, bom senso	Aldeia russa

Certa tarde, um soldado chegou a uma aldeia, deteve-se na última isbá (que é como os camponeses russos chamam suas casas), bateu na porta e pediu:

– Por favor, deixe-me passar a noite aqui! Faz muito frio!

– Siga adiante, se não tem medo da morte! - foi a resposta que veio de dentro da casa.

"O que isso quer dizer?", pensou o soldado, e entrou na isbá.

Lá dentro havia uma família de camponeses. O homem, sua esposa e três filhos. Todos estavam aos prantos e rezavam. Quando perguntou o que acontecera, o camponês respondeu:

– É que toda noite, nesta aldeia, a Morte escolhe uma isbá e a visita. Pela manhã, seus habitantes aparecem mortos. Esta noite será a nossa vez!

– Bobagem! - disse o soldado, que não era supersticioso. - Vão dormir tranquilos que eu montarei guarda.

Os donos foram dormir tremendo de medo da cabeça aos pés. Não acreditavam que seu protetor pudesse fazer grande coisa diante da Morte.

Conforme prometido, o soldado ficou acordado, de guarda. Em silêncio e à espreita de qualquer perigo. Já de madrugada, a janela se abriu. Apareceu então uma bruxa, toda vestida de branco com um capuz que escondia parte do rosto e uma foice afiada nas mãos.

O soldado na mesma hora puxou sua espada e cortou o braço da mulher com um único talho. A bruxa fez um gesto de dor e ódio infinito e fugiu. O soldado pegou o braço amputado, escondeu-o debaixo de sua capa e foi dormir.

Pela manhã, os donos despertaram e comprovaram, radiantes de alegria, que todos estavam vivos. O soldado então disse que a "Morte" com certeza morava na aldeia. Então, reuniram as autoridades da aldeia e foram revistando todas as casas, até que chegaram à última isbá visitada:

— Você vive sozinho? - perguntou o soldado ao proprietário.

— Não, tenho uma filha. Ela está doente, de cama.

O soldado foi até o quarto, encontrou a garota e descobriu que... lhe faltava um braço!

Então, explicou a todos o que aconteceu na noite anterior. E, para que acreditassem, mostrou o braço cortado da suposta "Morte".

As autoridades quiseram recompensar o soldado com dinheiro, mas ele não aceitou, e condenaram à morte a "Morte".

Os moradores do vilarejo se compadeceram da pobre garota. Chamaram um padre, oraram pela menina, para que Deus tivesse compaixão dela e restabelecesse seu braço. A oração foi atendida e o braço milagrosamente voltou para o seu lugar.

67
O pobre e o rei rico

PERSONAGENS	VALORES/DEFEITOS	LUGARES
Mendigo, rei	Generosidade, egoísmo, justiça	Índia, povoado

Era uma vez um mendigo hindu que vivia em uma pequena aldeia agoniado pela enorme pobreza em que vivia. Sua vida consistia em mendigar de porta em porta. Mas estava certo de que, algum dia, teria uma oportunidade de sair da miséria. E não estava equivocado...

Um dia, o pobre viu uma carruagem de ouro que estava entrando no povoado. Um rei saudava e sorria na janela. O mendigo começou a imaginar: "Esse rei veio aqui por minha causa. Minha penúria acabou! Esse rei, como um anjo enviado pelos céus, me encherá de riquezas".

Então, o mendigo estendeu, esperançoso, sua mão aberta e suplicante no caminho da carruagem real.

E o rei, como se realmente tivesse vindo com a missão de encontrar aquele homem, fez a carruagem parar. O mendigo olhou o rei, convencido de que havia chegado a hora de sua redenção. Enfim, se faria justiça com ele...

Então, o rei estendeu sua mão até o pobre homem e disse:

– O que tem para me dar?

154

O pobre, desiludido e supresso, não soube o que responder. "Não pode ser", pensou.

O rei continuou com a mão estendida, sem dizer nada.

O pobre, mais para que aquele pesadelo acabasse, colocou a mão em seu bolso, que estava cheio de grãos de arroz. Pegou um grão, somente um, e deu-o para o rei.

O rei agradeceu e partiu em sua carruagem de ouro.

O mendigo ficou muito triste e aborrecido.

Aquela noite, quando o mendigo sentiu fome, esvaziou o bolso para cozinhar o arroz que guardava como um tesouro. Então, observou que havia algo dourado entre os grãos de arroz. E qual não foi sua supressa quando viu que era um grão de ouro?

O mendigo, então, compreendeu que o rei era um enviado dos céus que quis colocar à prova sua generosidade. E chorou amargamente ao se dar conta de que havia deixado passar a grande oportunidade de sua vida.

– Como fui estúpido! Por que não fui mais generoso, por que não lhe dei todo o meu arroz?

68 O barqueiro e o jovem sábio

PERSONAGENS	VALORES/ DEFEITOS	LUGARES
Barqueiro, jovem	Sabedoria, vaidade, arrogância	Índia, rio

Era uma vez um jovem erudito, arrogante e convencido. Para cruzar um caudaloso rio de uma margem à outra, ele pegou um barquinho. O barqueiro começou a remar com cuidado.

De repente, uma revoada de aves cruzou o céu e o jovem perguntou ao barqueiro:

– Bom homem, você estudou a vida das aves?

– Não – respondeu o barqueiro.

– Então, amigo, perdeu a quarta parte da sua vida.

Passados alguns minutos, o barco deslizou para perto de umas plantas exóticas que flutuavam nas águas do rio. O jovem perguntou ao barqueiro:

– Diga-me, barqueiro, estudou botânica?

– Não, senhor, não sei nada de plantas.

– Pois devo dizer-lhe que perdeu a metade da sua vida – comentou o atrevido e esnobe jovem.

O barqueiro seguia remando em silêncio. O sol do meio-dia refletia sobre as águas do rio. Então, o jovem perguntou:

– Sem dúvida, barqueiro, já faz muitos anos que você desliza por estas águas. Você sabe, com certeza, algo sobre as propriedades da água?

156

- Não, senhor, não sei nada a respeito. Não sei nada sobre estas águas.
- Oh, amigo! - exclamou o jovem. - A verdade é que você perdeu três quartos da sua vida.

Subitamente, o barquinho rachou e começou a entrar água. O barco, em seguida, começou a afundar. Então, o barqueiro perguntou ao jovem:

- Jovem, sabe nadar?
- Não - respondeu o jovem.
- Então, temo, ó sábio, que tenha perdido toda a sua vida!

69
Os grandes amigos

PERSONAGENS	VALORES/DEFEITOS	LUGARES
Cego, corcunda	Amizade, maldade, vergonha	Pequeno povoado hindu

Era uma vez dois amigos, um cego e outro corcunda. Como eram muito pobres, dividiam uma casa para não ter tantos gastos.

Os dois se ajudavam mutuamente. O corcunda fazia colares e pulseiras que vendia no mercado e, enquanto isso, o cego cuidava da casa.

Mas, um dia, o corcunda pensou:

"Por que tenho que dividir o dinheiro que ganho com o cego? Mas ele é tão meu amigo... Não sei o que fazer..."

Então, teve uma ideia nada boa e, certa tarde, ao chegar em casa, disse ao cego:

– Comprei umas enguias frescas só para você.

– Uau! Muito obrigado - respondeu o cego.

No dia seguinte, quando o corcunda foi ao mercado, o cego cozinhou as enguias em uma panela. Em pouco tempo, notou um cheiro muito estranho e meteu o nariz na panela. Um bafo fedorento entrou por seus olhos. Brotaram nos olhos do pobre homem umas lágrimas enormes. Mas, o que o surpreendeu realmente foi que, ao abri-los de novo, enxergava!

– Eu enxergo! - gritava maluco de alegria. - Eu posso ver! Eu posso ver!

E comprovou que, dentro da caçarola, não havia enguias, mas serpentes venenosas. Pensou, então: "O corcunda tentou me matar com o veneno das serpentes, mas também, graças a isso, eu posso ver... Só que ele me traiu! Não sei o que fazer...".

E teve uma ideia nada boa: decidiu se vingar. Pegou um pau enorme e esperou escondido que seu amigo corcunda voltasse. Quando o outro chegou, o cego saiu do esconderijo e deu um baita golpe em suas costas, com a intenção de machucá-lo. Mas o corcunda se endireitou de repente.

– Minha corcova desapareceu! Minhas costas estão retas! - exclamou, chorando de dor e alegria.

Foi assim que os dois amigos, querendo machucar um ao outro, conseguiram se curar: pois o cego recuperou a visão e o corcunda perdeu a corcova.

Continuaram vivendo juntos e foram amigos por toda a vida. De vez em quando, discutiam sim. Mas, apesar de tudo, a cada dia, tornavam-se cada vez mais amigos.

O encantador de serpentes

PERSONAGENS	VALORES/DEFEITOS	LUGARES
Encantador de serpentes, esposa, ladrões, serpente	Trabalho, honradez, egoísmo	Povoado, cidade da Índia

Raj, o encantador de serpentes, vivia em uma casinha com Akba, sua esposa. Eram pobres, mas felizes.

Todas as manhãs, Raj caminhava até a praça do povoado com sua flauta, sua esteira e a serpente em um jarro. Ao chegar, começava a tocar a flauta. A serpente se contorcia ao ritmo da música. As pessoas se aproximavam para ver e lhe davam algumas moedas. Um dia, Raj disse para a esposa:

— Akba, amanhã irei à cidade, lá há mais pessoas.

Partiu ao amanhecer. Chegou à cidade e ali começou a tocar a flauta. Então, a serpente dançou, sorriu e fez reverências ao público. Uma grande multidão se aglomerou ao seu redor. Admirados, eles lhe deram um montão de moedas.

Raj nunca tinha tido tanto dinheiro em sua vida. Ao anoitecer, Raj partiu para casa.

— Esse encantador de serpentes tem um montão de moedas. Vamos segui-lo. Roubaremos seu dinheiro quando ele dormir — disseram três ladrões que vagavam por ali.

Quando Raj mostrou o ouro que havia ganho para Akba, ela exclamou:

— Compraremos muita comida e roupas novas!

Ele pegou os dois jarros e dividiu as moedas entre ambos, porque a serpente gostava de brincar com elas. Depois, colocou os jarros no forro do telhado e foi para a cama dormir.

Então, os três ladrões, que espiavam pela janela, entraram na casa, subiram no forro, roubaram os jarros e foram embora sem fazer barulho.

Pararam em uma caverna para contar as moedas e dividi-las. Destamparam os jarros e... Que baita susto levaram quando a serpente mordeu os dois.

– Socorro! – gritaram como loucos.

Os três ladrões, mortos de medo, saíram correndo e nunca mais foram vistos por aquela região.

No dia seguinte, Raj subiu ao forro do telhado e viu que haviam roubado seus jarros. Mas nem se abalou.

Saiu de casa e começou a tocar a flauta. Em pouco tempo, a serpente se aproximou ziguezagueando meio enrolada. E, no meio da espiral que ela fez com seu corpo, ela trazia os dois jarros com as moedas.

– Boa garota! – disse Raj feliz ao vê-la.

71
O adormecido

PERSONAGENS	VALORES/DEFEITOS	LUGARES
Adormecido, prefeito, sábio	Sabedoria, solidariedade	Aldeia na Índia

Há milhares de anos, um distante povoado na Índia foi lugar de um acontecimento um tanto estranho. Havia um homem que dormia há mais de vinte e cinco anos e ninguém sabia a razão.

Nesse mesmo povoado, passava uma rota de comerciantes, e muitos viajantes que passavam por ali paravam para contemplar o adormecido.

O lugar ficou conhecido por hospedar aquele misterioso dorminhoco.

- Que coisa mais esquisita! - diziam as pessoas ao contemplá-lo. - A que se deve esse fenômeno? - perguntavam.

Um eremita, famoso por saber ler os pensamentos, vivia em uma montanha nos arredores. O homem passava o dia abstraído em uma profunda contemplação e não queria ser incomodado, mas, de vez em quando, recebia alguma visita.

Assim, o prefeito do povoado do adormecido foi visitar o eremita e disse:

- Por favor, vá ver o pobre homem. Você é sábio e, com certeza, adivinhará a causa desse sono tão longo e profundo.

O eremita, que era um homem bom e nobre, decidiu ir. Pegou seu cajado e, acompanhado do prefeito, caminhou até o povoado.

Ao chegar diante do adormecido, sentou-se perto dele e ficou em silêncio, concentrado, olhando-o fixamente. Depois de um bom tempo, o sábio colocou a mão na cabeça do adormecido e fechou os olhos. Todo mundo o observava, em expectativa, esperando que algo acontecesse. Mas nada aconteceu.

Ao fim de algumas horas de profunda concentração, o sábio abriu os olhos e voltou a seu estado normal de consciência.

No fim das contas, todos os habitantes do povoado e muitos viajantes já tinham se reunido para escutá-lo. Então, o eremita disse pausadamente:

— Amigos, não há mistério algum com este adormecido. A explicação é simples: este homem sonha que está acordado, por isso não lhe passa pela cabeça que tem que despertar.

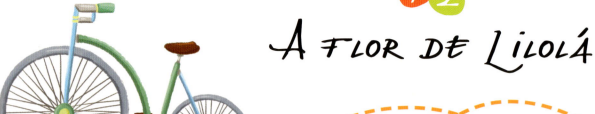

72
A flor de Lilolá

PERSONAGENS	VALORES/DEFEITOS	LUGARES
Rei, médico, filhos, anciã, pastor	Amor, egoísmo, justiça	Bosque espanhol

Era uma vez um rei viúvo com três filhos. O bom homem foi perdendo a visão até que ficou cego.

- Majestade - disse o médico -, o senhor recobrará a visão se alguém lhe trouxer a mágica flor de Lilolá.

Então, o rei chamou seus três filhos e lhes disse:

- Aquele de vocês três que me trouxer a flor de Lilolá herdará meu trono.

O primogênito partiu primeiro, a cavalo, até chegar à entrada do bosque. Lá, uma anciã pediu-lhe um pouco de pão, mas ele não lhe deu confiança, entrou no bosque e se perdeu.

Vendo que o mais velho não regressava, o filho do meio disse:

- Partirei em busca da flor de Lilolá e serei rei.

Na entrada do bosque, a mesma anciã pediu-lhe um pouco de pão. Mas ele também não lhe deu confiança e entrou no bosque, onde também se perdeu.

Vendo que o irmão do meio não regressava, o caçula disse:

- Partirei em busca da flor de Lilolá para curar meu pai, e queira Deus que meus irmãos apareçam.

E cavalgou até chegar à entrada do bosque, onde a anciã lhe pediu pão.

— Tome, boa mulher - disse, dando a ela todo o pão que levava. E acrescentou: - Preciso encontrar a flor de Lilolá para que meu pai se cure.

— Entre no bosque - disse ela -, atire este ovo contra a primeira pedra que vir. Aparecerá um jardim cheio de flores guardado por um leão. Se o leão estiver com os dois olhos fechados, está acordado; se eles estiverem abertos, está dormindo. Depois, escute seu coração, que ele lhe dirá qual delas é a flor de Lilolá.

Aconteceu tudo como a anciã havia dito. Quando saiu do bosque com a flor mágica, ele encontrou seus irmãos dormindo na beira da trilha. Ele os acordou e os três se encaminharam para o lar. Mas os dois irmãos mais velhos sentiram tanta inveja do caçula que o mataram, enterraram-no e roubaram a flor de Lilolá. Ao encontrar o pai, contaram-lhe que o irmão havia morrido, mas que eles tinham encontrado a flor mágica.

O velho pai se curou, mas tinha preferido continuar cego e ter seu filho caçula vivo.

Passou o tempo. Um dia, sobre o túmulo do terceiro filho, cresceu um bambu. Um pastor que passava por ali arrancou-o e fez uma flauta com ele. Assustadoramente, ao tocá-la, soava:

— Pastorzinho, não me toque nem me deixe de tocar. Meus irmãos me mataram pela flor de Lilolá.

A canção ficou famosa na região. E chegou aos ouvidos do rei, que ordenou que chamassem o pastor e lhe pediu a flauta. O rei soprou e soou assim:

— Pai querido, não me toque, pois terei que confessar: meus irmãos me mataram pela flor de Lilolá.

Então, o pastor levou o rei até o lugar onde encontrou o bambu e, ao desenterrar o corpo de seu filho, ele ressuscitou. Uma anciã sorria escondida atrás de uns arbustos. O rei fez justiça: exilou seus dois filhos mais velhos e nomeou o caçula herdeiro de seu reino.

As bruxas da ponte

PERSONAGENS	VALORES/DEFEITOS	LUGARES
Corcundas, bruxas	Inveja	Espanha, aldeia, ponte

Era uma vez uma aldeia onde viviam dois corcundas, um chamado Pancho, que era o bobo do povoado, mas muito alegre e boa gente, e o outro, Remigio, que era esperto e muito rico, mas sempre estava amargurado.

E havia também, nos arredores da aldeia, uma família de bruxas muito alegres e festeiras que viviam debaixo de uma ponte.

Um dia, Pancho estava cruzando a ponte, quando ouviu as bruxas cantarem:

Segunda e terça, dois, quarta, três,

quinta, sexta e sábado, seis,

domingo, sete...

Pancho aprendeu a música e, outro dia, em que as bruxas cantavam:

Segunda e terça, dois, quarta, três,

quinta, sexta e sábado, seis...

Pancho interveio e completou:

– E domingo, sete.

– Que aquele lá, fique sem corcova já - disseram as bruxas.

Naquele instante, a corcova de Pancho desapareceu magicamente.

Ele voltou muito contente à aldeia e contou a todos o que havia acontecido.

Os olhos de Remigio, o outro corcunda, se iluminaram e ele decidiu ir até a ponte. Uma vez lá, ele parou para escutar as bruxas.

Segunda e terça, dois, quarta, três,

quinta, sexta e sábado, seis...

Então Remigio, cheio de esperança de que se sairia bem, interveio e completou:

— E domingo, sete.

E as bruxas responderam:

— Que a corcova que do outro foi tirada, neste seja colocada!

Foi desse jeito que Remigio passou a ter duas corcovas, como os camelos.

E entrou por uma porta e saiu pela outra, quem quiser que conte outra!

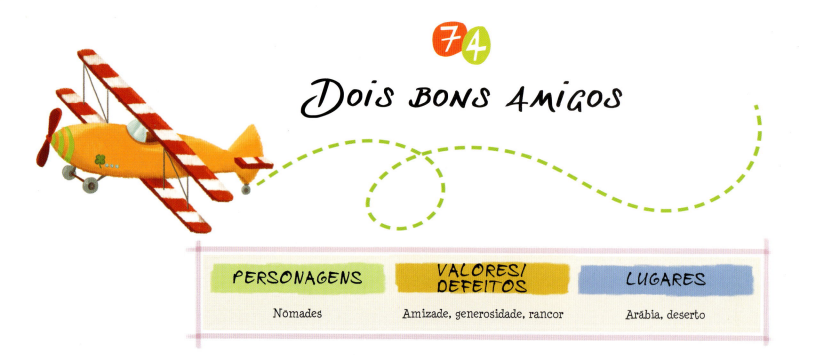

74
Dois bons amigos

PERSONAGENS	VALORES/DEFEITOS	LUGARES
Nômades	Amizade, generosidade, rancor	Arábia, deserto

Era uma vez dois amigos chamados Ibrahim e Hassan. Ibrahim era jovem e impulsivo, enquanto Hassan era um pouco mais velho e muito mais paciente.

Um dia, decidiram fazer uma viagem juntos e carregaram seus camelos com provisões. Cruzaram o deserto amigavelmente, conversando sobre mil coisas.

Mas, na metade do caminho, pararam para descansar e tomar um chá com tâmaras e, sem saber por que, começaram a discutir. Então, Ibrahim perdeu a calma e bateu em Hassan.

Este, sem dizer uma só palavra, pegou um pau e escreveu na areia:

Hoje meu melhor amigo me deu uma bofetada.

Ibrahim, lendo o que o outro tinha escrito, sentiu-se envergonhado, mas não disse nada.

Seguiram adiante até chegar a um oásis e lá pararam, beberam água e decidiram ficar uns dias para descansar. Como o oásis tinha uma fonte de águas cristalinas, ambos tomaram um delicioso banho.

Mas os pés de Hassan ficaram presos no fundo pantanoso e ele começou a afundar. Ibrahim, então, nadou até ele e, agarrando-o pelo tronco, arrastou-o nadando até a margem.

Pouco depois, Hassan, já recuperado do susto, pegou seu punhal e escreveu, gravando em uma pedra:

Hoje meu melhor amigo salvou minha vida.

Seu amigo Ibrahim então perguntou:

– Por que, depois que machuquei você, você escreveu na areia e, agora, escreveu em uma pedra?

Hassan, sorrindo, respondeu:

– Quando um amigo nos ofende, devemos escrever na areia, porque o vento remove a areia e as palavras escritas são apagadas e esquecidas. Por outro lado, se um amigo nos ajuda e faz algo bom, devemos gravar em uma pedra onde nada nem ninguém pode apagá-las e, assim, permanecerá em nossa memória para sempre.

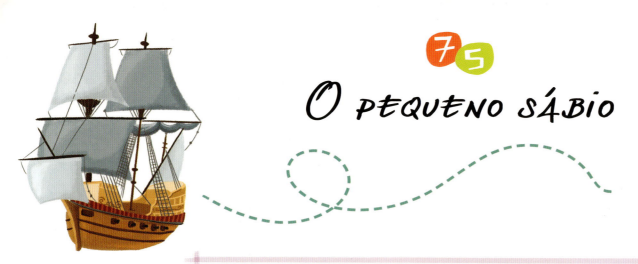

75
O pequeno sábio

PERSONAGENS	VALORES/DEFEITOS	LUGARES
Mercadores, anciã, menino sábio, juiz	Amizade, astúcia, egoísmo	Aldeia árabe, sauna

Era uma vez quatro árabes que ganharam muito dinheiro vendendo todas as suas mercadorias e, para celebrar, foram à sauna de uma anciã viúva chamada Rihanna.

À entrada da sauna, os mercadores deram uma sacola à velha Rihanna e um deles disse:

– Guarde esta sacola com o dinheiro de nós quatro. Na hora de devolvê-la, devemos estar os quatro presentes. Entendido?

A anciã concordou e guardou a sacola em uma caixa com chave.

Durante a sauna, um deles saiu. Disse que ia pedir sabão à anciã.

– Venho em nome de meus amigos lhe pedir nossa sacola de dinheiro.

– De jeito nenhum – opôs-se Rihanna. – Não posso lhe dar o dinheiro até que os quatro estejam presentes. Este foi o acordo.

O astuto mercador voltou lá dentro e disse aos amigos:

– A velha não quer me dar nem sabão se vocês todos não derem permissão. Assim, gritem para que ela os ouça.

– Sim, Rihanna, dê a ele, dê a ele! – gritaram.

A anciã, então, entregou o dinheiro ao mercador astuto e ele desapareceu num piscar de olhos.

Pouco depois, os três mercadores saíram e, vendo que a sacola havia desaparecido, culparam a anciã e a denunciaram.

A velha Rihanna ficou chorando. Então, passou por lá um menino, que disse:

- Boa mulher, conte-me seu problema, que eu encontrarei a solução. Em troca, quero apenas uma moeda para comprar avelãs.

- Combinado - disse Rihanna, comovida pela ternura daquele anjo. E explicou a ele o ocorrido.

- Compreendo - disse o pequeno sábio, e acrescentou - Amanhã lhe apresentarei ao juiz e diga a ele:

"Senhor Juiz, eles me confiaram o dinheiro com a condição de que somente poderia devolvê-lo se estivessem os quatro presentes. Pois bem, quando estiverem os quatro, eu o devolverei."

Os três mercadores compreenderam, então, que seu amigo desaparecido era o ladrão. O juiz declarou a anciã inocente.

E a respeito do menino sabido, contam que chegou a ser conselheiro real.

As três barreiras

PERSONAGENS	VALORES/DEFEITOS	LUGARES
Sábio, jovem	Sabedoria, verdade, bondade	Aldeia árabe

Era uma vez um jovem que quis prevenir seu mestre das fofocas que contavam sobre ele.

— Mestre — começou o jovem —, preciso contar uma coisa muito importante. Alguém esteve falando de você e disse coisas terríveis.

O mestre, que era um homem muito bom e sábio, interrompeu-o, dizendo:

— Antes de começar a me contar o que você acha que é tão importante para mim, deve passar as suas palavras pelas três barreiras.

— Não sei o que quer dizer isso das três barreiras — disse o discípulo.

— Vou explicar: a primeira barreira é a verdade. Deve perguntar: tem certeza de que o que quer me dizer é correto?

E o jovem ficou pensativo por um momento sem saber o que dizer. Depois, respondeu:

— Na verdade, não sei se é verdade ou mentira, pois ouvi uns vizinhos comentarem.

— Bem, então não é tão importante — disse o sábio. — Agora deve passar pela segunda barreira, que é a bondade. E eu pergunto: isso que deseja me dizer é bom para alguém?

— Ah, não, nada bom! — respondeu o jovem.

— Bem, então não era tão importante como você dizia - continuou o sábio. - A última barreira é a necessidade. E, agora, deve responder à minha pergunta: é necessário me fazer saber isso que tanto o inquieta?

O jovem discípulo respondeu:

— Bem, se é pra ser sincero, não creio que seja necessário.

— Então - sentenciou o mestre -, se o que iria me contar é incerto, não é bom nem tampouco necessário, esqueçamos disso e falemos de coisas verdadeiramente interessantes.

Quando o Sol tinha pressa

PERSONAGENS	VALORES/DEFEITOS	LUGARES
Maoris, Sol	Valentia, engenhosidade, paz	Povoado maori, Oceania

Há milhares de anos, uma tribo de maoris se deu conta de que o Sol cruzava o céu em grande velocidade fazendo os dias curtos demais, de forma que passavam muito frio.

Até que um dia, Maui, o chefe, decidiu se encarregar pessoalmente do assunto. Convocou a tribo e anunciou:

– Vou emboscar o Sol com uma rede e um nó corrediço para obrigá-lo a ir mais devagar!

– E como vai se aproximar do Sol? Irá se queimar – replicaram.

– Irei dominá-lo com esta mandíbula de cavalo.

Então, ainda que não muito convencidos, começaram a enlaçar as cordas que serviriam para emboscar o Sol. Quando estavam prontas, partiram para as montanhas.

Caminharam para leste até chegar ao canto onde o Sol nasce toda manhã. Esticaram as cordas, a imensa rede e o nó corrediço entre sete montanhas e esperaram a chegada do astro.

Quando os primeiros raios de luz apontaram entre as sete montanhas, soltaram suavemente e muito devagar as cordas. O Sol não percebeu e foi penetrando a tal rede com o nó corrediço.

Então, Maui ordenou que soltassem as cordas. O Sol quis escapar, mas já era tarde para isso. Quanto mais forçava, mais forte se fechava o nó corrediço. E gritou, suando de raiva:

– Solte-me ou me vingarei!

Maui golpeou o Sol com a mandíbula. O Sol não suportou a imensa dor que lhe causou aquele osso pontiagudo.

– O que quer de mim? Farei o que me pedir, mas solte-me!

– Por culpa da sua corrida maluca pelo céu - explicou Maui -, os dias são curtos demais e a gente congela. Se prometer que, a partir de hoje, vai percorrer o firmamento sem pressa, soltaremos você.

O Sol aceitou o pacto. E, desde então, cruza o céu beeeeeeemmmmm devagarzinho, procurando dar luz e calor a todos os maioris.

Guerra ou casamento

PERSONAGENS	VALORES/DEFEITOS	LUGARES
Pescadores, caçadores, reis, jovens	Paz, amizade, amor	Ilha, lago Rotorua, Nova Zelândia

Há muito tempo, no meio do lago Rotorua, da Nova Zelândia, havia uma ilha onde vivia a tribo arawa, de pescadores. E, na margem do lago, vivia a tribo torowa, de caçadores. Elas eram amigas.

Quando o jovem Nasurai foi coroado rei dos arawa, Tutanaki, o rei dos torowa, preparou uma festa em sua homenagem. Durante a celebração, Nasurai conheceu a mais bela das garotas que já havia visto.

– Esta é Hinamoa, minha filha – disse o rei Tutanaki.

E, sem dizer uma só palavra, Hinamoa e Nasurai se apaixonaram.

Mais tarde, Tutanaki disse a Nasurai:

– Preciso da sua ajuda para lutar contra as tribos vizinhas. Se lutarmos juntos, nossos reinos serão mais prósperos.

Mas o jovem monarca respondeu:

– A nossa ilha já é o suficiente. Não o apoiarei em nenhuma guerra. Seu reino é enorme, não precisa de mais conquistas.

– Saia das minhas terras! – respondeu Tutanaki, ofendido. – A partir de agora, rompemos nossa aliança.

Então, os arawa partiram para a sua ilha.

Como Nasurai já não podia mais atravessar o lago para visitar sua amada, Hinamoa, decidiu que todas as noites tocaria melodias com sua flauta para ela.

A princesa não deixou de escutar nem por um segundo, mas desejava vê-lo. Por isso, uma noite, cruzou a nado o lago sem a permissão de seu pai, o rei. Quando chegou à ilha dos arawa, sentiu-se esgotada e se sentou para descansar um pouco.

Então, Nasurai, que a estava observando em segredo, tirou seu manto de rei e cobriu o corpo de sua amada com ele.

Como todas as tribos maioris têm uma lei em comum segundo a qual "somente as rainhas podem portar um manto real", os dois povos entenderam que Nasurai e Hinamoa deveriam se casar.

Os dois reis se esqueceram de suas desavenças e voltaram a ser aliados. E Tutanaki abandonou seu desejo de fazer guerra, pois se deu conta que o amor é mais forte que qualquer conflito.

Assassinos honestos

PERSONAGENS	VALORES/DEFEITOS	LUGARES
Corcunda, alfaiate, esposa, médico, cozinheiro, funcionário público, guarda, juiz, imperador	Mentira, arrependimento	Japão, cidade

Era uma vez um alfaiate japonês que vivia com sua esposa. Uma tarde, eles se encontraram com um corcunda muito divertido e o convidaram para jantar. Durante o jantar, o corcunda quis devorar um peixe inteiro com uma mordida só, mas se engasgou e bateu as botas.

O alfaiate e sua esposa decidiram tirar o morto de suas costas. Deixaram-no secretamente na porta da casa de um médico e saíram dali correndo. O médico saiu às escuras e, sem querer, deu um chute no corcunda, que rodou escada abaixo. Acreditou que tinha matado o homem e decidiu se livrar do morto, deixando-o no pátio de um cozinheiro que vivia não muito longe dali.

Ao amanhecer, o cozinheiro achou que o corcunda era um ladrão e lhe deu três pauladas. Depois, vendo que estava morto, quis se desfazer dele. Carregou-o em seu carrinho de mão, levou-o ao mercado e deixou-o de pé em uma esquina.

Não muito depois disso, passou por ali um funcionário público bêbado. Cumprimentou o corcunda e, como ele não lhe respondeu, indignado, tentou estrangulá-lo. Nesse momento, apareceu um guarda e os separou. Mas, quando viu que o corcunda estava morto, deteve o funcionário público.

Durante o julgamento, o acusado, que não negou sua culpa, foi condenado a

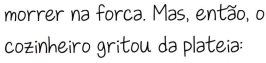

morrer na forca. Mas, então, o cozinheiro gritou da plateia:

— Alto lá, fui eu quem matou o corcunda!

— Executem o cozinheiro! - ordenou o juiz.

Então, o médico disse:

— Alto lá, fui eu quem matou o corcunda!

— Que enforquem o médico! - ordenou o juiz.

Mas o alfaiate também se manifestou:

— Alto lá, fui eu quem matou o corcunda!

— Executem o alfaiate! - ordenou o juiz.

O imperador, ao saber que o corcunda falecido era o bobo da corte do reino, atrasou a execução para saber o que tinha acontecido. Enquanto velava o cadáver, disse:

— Meu bobo da corte teve uma morte tão divertida quanto a sua vida.

Nesse momento, o corcunda se levantou do caixão e disse:

— O que eu estou fazendo aqui? - Todos os presentes ficaram aterrorizados.

— Ressuscitou! - diziam.

— Ressuscitei? - surpreendeu-se o corcunda.

— Farei com que gravem com letras de ouro esta estupenda história nos anais do reino! - exclamou o imperador, morrendo de rir.

A flor de Minanoko

PERSONAGENS	VALORES/DEFEITOS	LUGARES
Imperador, princesa, rapaz, anciã	Verdade, honra, humildade, justiça	Japão, palácio

Há muito tempo, o imperador do Japão celebrou um banquete para apresentar à sociedade sua bela e querida filha, Yuko.

O soberano se dirigiu aos jovens ali presentes:

– Minha filha se casará com um de vocês. Eu descobrirei quem a merece. Sou especialista em jardinagem. Por isso, vou entregar uma semente especial a cada candidato. Dentro de um ano, voltem ao palácio com sua flor. De acordo com o modo que vocês cuidaram dela, eu decidirei quem merece a mão da minha filha, a princesa.

Todos os jovens pegaram sua semente e foram embora. Inclusive Minanoko, um rapaz órfão e tímido, que havia sido criado e cuidado por todos da aldeia em que morava. Ao chegar em casa, ele plantou a semente com cuidado, regou-a todos os dias, colocou-a para tomar sol e até cantava canções para ela. Mas a semente não germinava, e o coração de Minanoko ficava cada vez mais triste.

Passou-se um ano. No dia em que todos deveriam comparecer de novo ao palácio, o pobre Minanoko ficou sentado na orla do rio, com o vaso sem flores entre as mãos. Não pensava em ir ao palácio. Para quê?

Então, uma anciã da aldeia se aproximou e disse:

180

- Deve se apresentar na festa. Você tem cuidado da planta com dedicação e carinho. Se não conseguiu que florescesse, não é sua culpa. Esse é o destino. Deveria se sentir orgulhoso.

Minanoko, então, se pôs a andar. Consolava-se pensando que, ao menos, veria outra vez a adorável Yuko. Quando chegou, havia centenas de jovens fazendo fila nos jardins do palácio para desfilar diante da princesa e do imperador. E todos carregavam grandes vasos com as plantas e flores mais impressionantes que Minanoko já havia visto em sua vida.

Quando todos os candidatos haviam mostrado seus charmosos vasos, e Minanoko o seu vazio, o soberano se levantou e falou assim:

- Somente um de vocês merece se casar com minha filha: Minanoko.

O rapaz permaneceu surpreso, e o restante dos candidatos acharam que aquela decisão era, evidentemente, injusta. Mas o imperador tomou novamente a palavra e explicou:

- É justo que seja ele quem se case com Yuko, porque dei a todos uma semente estéril da qual nenhuma planta nem flor poderia nascer. Minanoko é o único rapaz honesto e sincero que não pretendeu me enganar. E, além disso, teve a valentia de apresentar-se no palácio com seu vaso vazio. E, assim, entregou a mão de sua filha ao jovem órfão.